I0551994

# GLADIADOR

## GLADIADORES GALÁCTICOS LIVRO 1

### ANNA HACKETT

Tradução:
ANDRÉIA BARBOZA

**Gladiador**

**Série Gladiadores Galácticos — Livro 01**

**Anna Hackett**

Copyright de Gladiator © Anna Hackett, 2016.

Copyright da tradução © 2019 por Andreia Barboza — Bookmarks Serviços Editoriais.

Copidesque da tradução: Luizyana Poletto.

Capa: Melody Simmons — BookCoversCre8tive

ISBN (ebook): 978-1-922414-04-5

ISBN (paperback): 978-1-922414-05-2

Título original: *Gladiator*

ISBN (ebook): 978-1-922414-01-4

ISBN (paperback): 978-1-922414-02-1

Texto revisado segundo o novo Acordo Ortográfico da Língua Portuguesa.

# CAPÍTULO UM

Mais um dia no escritório.

Harper Adams saiu do módulo da estação espacial. Podia ouvir sua respiração baixa dentro do traje e passou com facilidade seu corpo sem peso ao longo da superfície branca e lisa do módulo. Parou para verificar um painel de segurança, para garantir que todos os sistemas estivessem funcionando sem problemas.

Verificar. O mesmo que havia feito ontem e anteontem. Mas Harper nunca se permitia esquecer de que estavam a seiscentos milhões de quilômetros da Terra. Isso significava que dependiam só de si mesmos. Apertou alguns botões no painel de segurança antes de fechar a tampa de plástico reforçado. Gostava de colocar todos os pingos nos *Is*. Nunca deixava nada ao acaso.

Segurou o corrimão e começou a se erguer sobre a cápsula cilíndrica para verificar os painéis do outro lado. Ao olhar para trás, se deparou com a bela vista do planeta lá embaixo.

Harper parou e se obrigou a absorver tudo. As faixas

laranja, branca e creme de Júpiter eram de tirar o fôlego. Hoje, podia até ver a famosa super tempestade da Grande Mancha Vermelha. Estava na Estação de Pesquisa Fortuna há quase dezoito meses. Isso significava que, apesar da vista incrível, ela na verdade não a via mais.

Virou a cabeça e olhou para a estação espacial. No final dela, estava o gigantesco anel circular que abrigava os principais aposentos e escritórios. O anel principal girava para fornecer gravidade artificial para os residentes. No centro, estava o longo cilindro da instalação de pesquisa e fora desse cilindro havia vários módulos que abrigavam laboratórios científicos e de armazenamento. Na outra extremidade da estação, ficava a área de acoplamento das naves de abastecimento que vinham da Terra a cada poucos meses.

— Tenente Adams? Terminou as verificações?

Harper ouviu a voz tranquila da sua colega fuzileira e chefe espacial, a capitã Samantha Santos, através do sistema de comunicação em seu capacete.

— Quase terminado — Harper respondeu.

— Dê uma boa olhada no módulo de botânica. O computador está mostrando alguns picos de energia estranhos, mas os cientistas disseram que está tudo bem. Deve ser mau funcionamento do sistema.

O que significava que os engenheiros dos esquadrões nerds teriam que acessar e fazer a manutenção.

— Deixa comigo.

Harper virou o corpo e desceu para outro lado do módulo primeiro com os pés. Sabia que o resto da equipe de segurança, formada por fuzileiros espaciais das Nações

Unidas, realizaria verificações semelhantes nos outros módulos da estação. Tinham uma ótima equipe para garantir a segurança das centenas de cientistas a bordo da estação. Havia também uma equipe dedicada de engenheiros que mantinham o interior funcionando.

Passou por uma janela grande e resistente do módulo e viu vários cientistas flutuando em volta de bancos cheios de todos os tipos de plantas. Todos usavam macacões cinza combinando, com golas destacadas em azul, o que indicava a equipe de ciências. Havia uma vasta gama de cientistas e áreas de trabalho a bordo: biólogos, botânicos, químicos, astrônomos, físicos, médicos especialistas e muito mais. Todos estavam realizando experimentos e alguns procuravam por vida alienígena além dos limites do sistema solar. Parecia que a cada duas semanas, mais sondas eram enviadas para caçar sinais de rádio ou coletar amostras.

Como os humanos haviam aperfeiçoado grandes velas solares como uma maneira de impulsionar com segurança e rapidez as naves espaciais, contornar o sistema solar se tornou muito mais fácil. Com a pressão da radiação exercida pela luz solar sobre as velas espelhadas, podiam viajar da Terra para a Estação Fortuna orbitando Júpiter por apenas alguns meses. E muitos dos cientistas a bordo da estação pesquisavam além do sistema solar, planejando expedições tripuladas cada vez mais distantes. Harper não tinha certeza de que estavam prontos para isso.

Ela rapidamente verificou o painel de controle adjacente. Entre todas as luzes verdes, viu uma que estava piscando em vermelho e franziu a testa. Havia mesmo um problema com o sistema de travamento da porta externa no final do módulo. Ativou o pequeno dispositivo propulsor em seu traje espacial e circulou o local. Diminuiu a velocidade ao passar pela grande porta externa redonda no final do módulo cilíndrico.

Estava tudo trancado e parecendo seguro.

Enquanto voltava para dentro, segurou em um corrimão e em seguida pressionou uma tecla no pequeno tablet preso em seu traje. Digitou um pedido para que a manutenção viesse verificar.

Olhou para cima e percebeu que estava bem perto de outra janela. Através do vidro reforçado, uma loira bonita e curvilínea ergueu os olhos e viu Harper. Ela sorriu e acenou. Harper não pôde deixar de sorrir e levantar a mão enluvada em saudação.

A dra. Regan Forrest era botânica e alguns anos mais nova que Harper. A jovem era muito aberta, amigável e fez amizade com Harper desde o primeiro dia na estação. Harper nunca teve muitos amigos, principalmente porque estava muito ocupada criando a irmã mais nova e trabalhando. Nunca teve tempo para noites fora com as amigas ou fofocas.

Mas Regan era amável, inteligente e tinha o coração de um rolo compressor por baixo do seu exterior bonito. Harper sempre teve dificuldade em dizer não a ela. Talvez a mulher a fizesse se lembrar um pouco de Brianna. Ao pensar na irmã, algo fez seu peito apertar de forma dolorosa.

Regan flutuou até a janela e levantou um pequeno tablet. Ela digitou algumas palavras.

*Cartas hoje à noite?*

Harper estava ensinando Regan como jogar pôquer. A mulher era péssima e Harper dava uma surra nela o tempo todo. Mas a moça nunca desistia.

Assentiu e levantou dois dedos para indicar duas horas. Ela encerraria seu turno em breve e, na sequência, teria uma luta com a prima de Reagan, Rory, uma das engenheiras da estação, na academia. Aurora "Me chame de Rory ou eu te mato" Fraser era especialista em artes marciais mista e Harper a considerava parceira de luta. Rory estava ensinando alguns golpes e ela retribuía mostrando à ela alguns movimentos básicos de espada. Desde pequena, Harper era uma esgrimista talentosa.

Regan sorriu de volta e assentiu. Então o sorriso largo da mulher desapareceu. Ela se virou e, através do vidro, Harper pôde ver todos os outros cientistas olhando ao redor, preocupados. Um cientista estava girando, com plantas verdes flutuando, junto com gotículas de água e algum outro fluido verde. Ele claramente fez alguma besteira e deixou seu experimento se espalhar.

— Tenente Adams? — A voz da capitã soou através de seu capacete novamente. — Harper?

Havia um senso de urgência que fez o estômago de Harper se apertar.

— Vá em frente, capitã.

— Temos um alarme soando no módulo de botânica. O computador diz que há risco de descompressão.

*Droga.*

— Acabei de verificar os painéis de segurança. O mecanismo de travamento na porta externa está indicando a cor vermelha. Fiz uma inspeção visual e está bem fechada.

— Certo, conversamos com a cientista responsável. Parece que um membro da equipe dela soltou algo lá. Não é perigoso, mas deve estar mexendo com os sensores de alarme. O sistema trancou todos lá dentro. — Ela fez um som irritado. — Os idiotas terão que ficar lá até que a engenharia possa libertá-los.

Harper observou a sala através do vidro novamente. Parte do líquido verde havia flutuado para outro banco que continha vários cilindros de espuma. Um segundo depois, os cilindros se quebraram e seu conteúdo borbulhou.

Todos os cientistas foram para a saída traseira do módulo, batendo na porta trancada. Estavam presos.

*Droga*

Harper encontrou o olhar de Regan. O rosto da amiga estava pálido e algumas mechas de seu cabelo loiro haviam escapado do rabo de cavalo, flutuando ao redor do rosto.

— Capitã — Harper chamou. — Tem algo de errado. As experiências transbordaram de suas contenções. — Ela podia ver que os cientistas estavam tossindo.

— A engenharia está a caminho — disse a capitã.

Harper se levantou, passando sobre a superfície do módulo. Alcançou o painel de controle e viu que várias outras luzes haviam ficado vermelhas. Eles precisavam controlar isso e tinha que ser agora.

— Harper! — A voz da capitã soou em pânico. — Descompressão em andamento!

*Que merda é essa?* O módulo estremeceu embaixo de Harper. Ela olhou para cima e viu a porta externa explodir, voando para longe da estação.

Seu coração parou. Isso significava que todos os cientistas foram expostos ao vácuo do espaço.

*Merda*. Harper flutuou novamente, indo em direção ao final do módulo. Colocou os braços ao lado do corpo para ajudar a aumentar sua velocidade. Pela janela, viu que a maioria dos cientistas havia se agarrado ao que podiam. Alguns estavam puxando respiradores de emergência sobre suas cabeças.

Chegou ao final da cápsula e viu o estrago. O metal havia se rasgado no lugar em que a porta foi arrancada. Ali dentro, ela sabia que haveria um kit de reparo temporário contendo uma folha de tecido nano de alta tecnologia que poderia ser esticada através da abertura para restabelecer a pressão. Mas precisava ser colocado de forma manual. Harper alcançou a trava para liberar o kit de reparo.

De repente, um corpo esguio saiu da cápsula, balançando braços e pernas. Sua boca estava aberta em um grito silencioso.

*Regan*. Harper nem pensou. Se virou, apertou e disparou o sistema de propulsão, indo atrás da amiga.

— Equipe de segurança para o módulo de botânica — gritou através do sistema de comunicação. — Equipe de segurança para o módulo de botânica. Está havendo uma descompressão. Uma cientista foi expulsa. Vou atrás dela. Preciso de alguém que possa ajudar a acalmar os outros e fechar o módulo novamente.

— Entendido, tenente — a capitã Santos respondeu. — Estou a caminho.

Harper se concentrou em alcançar Regan. Estava se aproximando dela. Viu que a mulher havia perdido a consciência. Também sabia que Regan só tinha alguns minutos para sobreviver aqui. Harper deixou seu treinamento assumir. Apertou os controles do sistema de propulsão, tentando conseguir mais velocidade, enquanto manobrava em direção a Regan.

Ao se aproximar, ela estendeu a mão e passou o braço ao redor da cientista.

— Te peguei.

Harper se virou enquanto prendia um cabo de segurança nas alças do macacão de Regan. Em seguida, apertou os controles e as conduziu de volta para o módulo. Manteve a amiga contra o peito com firmeza. *Aguente firme, Regan.*

Ela estava muito quieta. Isso fez Harper se lembrar de ter segurado o corpo de Brianna. Sua mandíbula se apertou. Não deixaria Regan morrer aqui. A mulher sonhou em trabalhar no espaço e trabalhou com afinco para chegar até aqui, desafiando até a família. Harper não iria falhar com ela.

À medida que o módulo se aproximava, viu que a equipe de segurança havia chegado. Viu o corpo alto e musculoso da capitã, enquanto ela e outro homem colocavam o tecido nano.

— Entrando. Mantenham a porta aberta.

— Não posso mantê-la aberta por muito mais tempo, Adams — a capitã respondeu. — Venha o mais rápido possível.

Harper ajustou o curso e, um segundo depois, passou pela porta com Regan nos braços. Atrás dela, a capitã e outro fuzileiro espacial muito forte, o tenente Blaine Strong, puxaram o tecido elástico pela abertura.

— Descompressão contida — o computador entoou.

Harper soltou um suspiro. No painel ao lado da porta, viu as luzes ficando verdes. O nano tecido não duraria para sempre, mas aguentaria até que tirassem todos daqui e, em seguida, chamassem uma equipe de manutenção para consertar a porta.

— Oxigênio nos níveis exigidos — o computador disse novamente.

— Bom trabalho, tenente. — A capitã Sam Santos flutuou. Era uma mulher alta, com um rosto forte e cabelos castanhos que mantinha presos em um rabo de cavalo apertado. Possuía curvas que mantinha implacavelmente tonificadas, e a pele dourada que ela sempre dizia ser graças à sua herança porto-riquenha.

— Obrigada, capitã. — Harper tirou o capacete e olhou para Regan.

Seu cabelo loiro estava um emaranhado selvagem, seu rosto estava pálido e marcado pelo que todos que trabalhavam no espaço chamavam de chupões espaciais: hematomas causados pelo estouro de pequenos vasos sanguíneos da pele quando expostos ao vácuo do espaço. *Por favor, fique bem.*

— Aqui. — Blaine apareceu, segurando um respirador portátil. O grandalhão era um excelente fuzileiro espacial. Ele tinha cerca de um metro e noventa e cinco, e ombros largos que esticavam seu traje espacial até o limite. Ela sabia que ele estava alguns centímetros acima do limite de altura para as operações espaciais, mas era um bom fuzileiro, o que deve ter contado a seu favor. Sua pele era herança do pai afro-americano e seu rosto bonito o tornou popular entre as mulheres solteiras da estação, mas ele principalmente trabalhava e passeava com os outros fuzileiros espaciais.

— Obrigada. — Harper deslizou a máscara clara sobre a boca de Regan.

— Bom trabalho lá fora. — Blaine deu um tapinha no ombro dela. — Ela está viva por sua causa.

De repente, Regan estremeceu, respirando fundo.

— Está tudo bem. — Harper segurou o ombro de Regan. — Se acalme.

Regan olhou ao redor do módulo, atordoada e em pânico. Harper a observou avistar o tecido esticado no final do módulo e todas as plantas flutuando na parte de dentro.

— Deus — Regan falou, com um suspiro rouco, e sua respiração embaçou a cúpula do respirador. Ela balançou a cabeça, voltando a olhar para a amiga. — Obrigada, Harper.

— Disponha. — Harper apertou o ombro da amiga. — É para isso que estou aqui.

Regan conseguiu sorrir.

— Não é para isso, não. Você não tinha que voar pelo espaço para me resgatar. Sou grata.

— Vamos. Precisamos levá-la à enfermaria para que possam te examinar. Talvez colocar um pouco de creme nos seus chupões.

— Chupões? — Regan tocou o rosto e gemeu. — Ah, não. Vão zombar de mim.

— E você nem os conseguiu da maneira mais agradável.

Um leve rubor cobriu as bochechas de Regan.

— Verdade. Se tivesse, pelo menos a zombaria valeria a pena.

Com uma risada aliviada, Harper olhou para a capitã.

— Vou levar Regan para a enfermaria.

A outra mulher assentiu.

— Certo. Te encontro no Centro de Segurança.

Com um aceno, Harper se afastou, mantendo um braço ao redor de Regan, e elas flutuaram para a parte principal das instalações científicas. Logo passaram pela entrada do centro da estação espacial. Quando a gravidade artificial as atingiu, as botas de Harper bateram no chão. Ao lado dela, Regan quase desabou.

Harper segurou a maior parte do peso da mulher e a ajudou a descer o corredor. Elas entraram na enfermaria.

Um homem de cabelos grisalhos e peito largo correu até elas.

— Decidiu fazer uma caminhada espacial não programada, dra. Forrest?

Regan deu um sorriso fraco.

— Sim. Sem traje espacial.

O médico fez um som de zombaria e depois a tomou de Harper.

— Vamos cuidar dela.

Harper assentiu.

— Te vejo mais tarde.

Regan segurou sua mão.

— Temos um jogo de blackjack programado. Espero recuperar todos os chocolates que você ganhou de mim.

Harper bufou.

— Pode tentar. — Era bom ver um pouco de vida nos olhos azuis de Regan.

Quando Harper entrou no corredor, passou a mão pelos cabelos escuros, sentindo a tensão deixar seus ombros lentamente. Precisava mesmo de uma cerveja. Inclinou o pescoço para um lado e depois para o outro, ouvindo os ossos estalarem.

*Só mais um dia no escritório.* A imagem de Regan se afastando da estação espacial explodiu em sua cabeça. Harper soltou um suspiro. Ela estava bem. Estava viva e segura. Isso era tudo o que importava.

Balançando a cabeça, foi em direção ao Centro de Segurança. Precisava conversar com a capitã e encerrar o expediente. Então ela poderia tirar o traje espacial e tomar o banho de um minuto liberado para cada um deles.

Essa era a única coisa de que sentia falta da Terra. Banhos longos e quentes.

E nadar. Ela nadou a vida toda e havia dias em que sentia falta de cruzar a água.

Caminhou por um longo corredor, encontrando algumas pessoas, principalmente cientistas. Chegou a um ponto em que havia inúmeras vidraças que exibiam uma vista adorável de Júpiter e do espaço além dele.

Banhos ligeiros e caminhadas espaciais não programadas à parte, Harper não se arrependia de ter ido para o espaço. Não havia mais nada para ela na Terra e, para sua surpresa, fez amigos aqui em Fortuna.

Enquanto olhava para o escuro, hipnotizada pelo brilho das estrelas, captou um pequeno flash de luz ao longe. Fez uma pausa, franzindo a testa. O que era aquilo?

Olhou fixamente para o local onde tinha visto o flash.

Não havia nada lá além das belas estrelas. Harper balançou a cabeça. A fadiga estava lhe pregando peças. Só podia ser um truque estranho das luzes refletindo no vidro.

Deixando de lado a visão estranha, continuou seguindo para o Centro de Segurança.

## CAPÍTULO DOIS

Harper estava quase no Centro de Segurança quando ouviu o som dos saltos no chão de metal atrás de si. Quase não conseguiu reprimir a careta e respirou fundo, segurando o ar. Ótimo, ótimo mesmo.

— Tenente Adams — a voz ríspida e gelada falou. — Quero um relatório sobre o que aconteceu e quero agora.

Harper se virou e encarou a comandante civil da Estação Fortuna.

Madeline Cochran havia sido contratada pela empresa de bilhões de dólares dona da Fortuna. A chefona corporativa levava a palavra tensão a um novo patamar.

Harper olhou para o penteado perfeito de mechas escuras, que batia na mandíbula, e seu elegante terno azul escuro.

Quem usaria um terninho conservador no espaço?

— Ainda não sei de todos os detalhes, srta. Cochran. Você precisa falar com a Capitã Santos. Mas tudo em que os cientistas estavam trabalhando no módulo ficou fora de controle. Isso causou a explosão na porta. A dra. Forrest foi expulsa do módulo, mas eu a resgatei e a trouxe de volta.

Madeline deu um aceno rápido.

— Ouvi dizer que o dano foi grave.

Harper a ignorou.

— Todos estão bem.

A mulher inclinou a cabeça.

— Eu já sabia disso, tenente. A manutenção está lá embaixo agora?

— Sim.

— O conselho não vai gostar disso. Tudo o que der errado aqui é transmitido para toda a Terra. Os preços das ações caem.

Harper não dava a mínima para os preços das ações, mas decidiu que era melhor não comentar.

Madeline se endireitou.

— Prefiro que não tenhamos mais situações como essa.

Harper tensionou a mandíbula.

— Eu também.

Madeline fungou.

— Diga a sua capitã que eu gostaria de um relatório na minha mesa pela manhã, com recomendações sobre como podemos evitar situações futuras como essa novamente. E possíveis ideias para reforçar as vedações em todas as portas externas.

Lá se foram seus planos de relaxar com uma cerveja.

— Você é quem manda.

— Sim, sou eu. — Madeline se afastou.

Aliviada, Harper pressionou a fechadura eletrônica das portas do Centro de Segurança. Depois de scanear sua palma, o sensor apitou e as portas se abriram.

— Boa noite, garotas — ela falou.

Os dois homens sentados em frente as grandes telas de controle se viraram e simultaneamente reviraram os olhos para ela.

— Aqui está a heroína do momento — um grande homem afro-americano chamado Jackson falou, sorrindo para ela.

— Ouvi dizer que você esteve ocupada resgatando cientistas rebeldes — foi a vez do baixo e magro chamado Keane falar.

Harper foi até a tela de controle para encerrar seu turno.

— Bem, sabe como é. Não posso ficar por aqui jogando no computador o dia todo, como algumas pessoas.

Os membros da equipe de segurança eram bem próximos. Ela gostava de Jackson e de Keane. Os dois foram policiais antes de se juntarem aos fuzileiros espaciais.

Os dois gemeram com desdém para ela.

Harper não pôde deixar de sorrir. Ela viu a capitã e Blaine do outro lado da sala, perto dos armários, pendurando seus trajes espaciais.

Sam levantou a cabeça.

— Levou a dra. Forrest à enfermaria?

Harper assentiu e pendurou o capacete na parede, entre as fileiras de roupas espaciais de segurança. Ela começou a desabotoar seu traje.

— Também encontrei a srta. Cochran. Ela quer um relatório pela manhã.

O rosto de Sam não mudou, mas Harper teve a impressão de que a capitã estava revirando os olhos mentalmente.

— Cuidarei disso.

Blaine passou a mão pelos cabelos escuros.

— Preciso de uma cerveja. Alguém quer se juntar a mim no bar da estação?

— Ah, sim. — Harper empurrou a parte superior do traje para baixo.

Sam sorriu.

— Também estou de folga agora, então conte comigo. Eu pago.

No console do computador, Jackson gritou:

— Sim, os heróis não devem comprar suas próprias bebidas. — Ele piscou para Harper.

Ela apontou o dedo para ele.

— Pare com isso.

Sam se virou, seu rosto ficando sério.

— Outra coisa, Harper. A nave da Terra estará aqui em algumas horas.

Harper tentou não endurecer.

— Sim?

Os lábios da sua chefe se apertaram.

— Você está na base há quase dezoito meses. Vi que você não estava disposta a fazer essa viagem.

— Não.

— Mas você vai atingir a marca de dois anos e irão te forçar a voltar para um período de inatividade — Sam falou.

— Eu sei. — Harper se preocuparia com isso quando atingisse o limite. Tinha muito dinheiro guardado e um apartamento pequeno e arrumado em um condomínio em San Diego. Poderia tirar férias ou só ficar em casa.

*Casa*. San Diego nunca pareceu ser seu lar. Era apenas conveniente para a base. Caramba, ela nem tinha certeza de onde ficava sua casa. Talvez fosse porque não tinha ninguém para quem voltar.

Férias, então. Mas a ideia de não fazer nada além de se sentar e tomar sol na praia lhe deixava incomodada.

— Que merda é essa?

O choque na voz de Keane fez Harper se virar. No mesmo momento, os alarmes começaram a tocar em toda a Central de Segurança. As luzes diminuíram e ficaram vermelhas.

*Alerta vermelho.*

Harper correu para frente, com Sam e Blaine ao seu lado. Eles olharam pela janela principal do Centro de Segurança, onde havia uma visão clara do corpo principal da estação espacial, do planeta e do espaço.

Mas agora, algo maciço estava apagando parte do espaço ao lado de Júpiter.

Era algum tipo de... nave espacial.

E não era da Terra.

A nave era comprida, em forma de charuto, e coberta por enormes espinhos. Era preta — um tom de preto profundo e implacável, que parecia absorver a luz. Harper pensou que podia ver algumas janelas iluminadas com um brilho laranja por dentro.

— Nave alienígena — Keane grunhiu. Ele batia loucamente no teclado e na tela.

— Saúde-os — Sam ordenou. — Reproduza a mensagem pré-gravada que diz quem somos.

Com as mãos trêmulas, Keane fez exatamente o que ela mandou. Jackson estava paralisado, olhando pela janela. Blaine estava xingando baixinho, com o corpo tenso.

— Jackson, abra o comunicador e diga a todos para manterem a calma — Harper manteve seu tom firme e sem brincadeiras. — Ainda não temos certeza com o que estamos lidando. Não precisamos de pessoas em pânico.

O grandalhão estremeceu e correu para pegar seu computador.

— Eles não estão respondendo à saudação. — Keane se endireitou e olhou para cima. — A tecnologia deles é muito avançada para que eu tenha certeza, mas acredito que eles têm armas apontadas para nós.

*Droga*. Os músculos de Harper estavam tensos como uma pedra. Ela tinha um péssimo pressentimento sobre isso.

— Precisamos colocar nosso armamento online.

— Faça isso — Sam falou.

Mas, olhando para aquela nave, Harper sabia que não seria suficiente. A estação espacial tinha capacidades defensivas básicas.

Eles tinham centenas de pessoas inocentes na estação. E não havia como protegê-las.

Ela olhou para a nave alienígena. Os cientistas sempre se empolgavam, conversando sobre a ideia de fazer o primeiro contato. Mas ninguém os havia preparado para uma situação como esta.

— O que é isso? — Blaine apontou.

Harper foi até o vidro e apoiou a mão na superfície fria. Havia uma chuva de pequenos objetos saindo da grande nave.

Seu peito se contraiu. Eram naves menores. Seguiam na direção deles.

— Estão atirando! — Keane gritou.

Houve um flash de luz e então a estação espacial estremeceu. Outro alarme começou a soar, juntando-se à cacofonia do som. Harper agarrou as costas da cadeira de Keane para ficar de pé.

— Eles derrubaram nosso conjunto de lasers e temos uma brecha!

— Envie um *mayday* para a Terra e faça a evacuação — Sam gritou. Ela girou e encarou Harper e Blaine. — Precisamos levar nosso pessoal às cápsulas de escape.

Harper assentiu. Sabia que não tinham para onde ir, mas não podiam ficar ali, e as cápsulas tinham provisões suficientes para durar até que as naves da Terra pudessem alcançá-los.

Regan, Rory... Harper pensou nas amigas e nos outros cientistas que deviam estar em pânico. Tudo o que podia fazer agora era ajudar todos a chegarem nas cápsulas.

Sam se virou para o armário de armas. A capitã apoiou a mão em um leitor e digitou um código. Um segundo depois, as portas se abriram. Armas a laser, de espingardas a pistolas, estavam alinhadas com precisão.

A capitã pegou uma espingarda com o rosto sombrio.

Harper pegou uma pistola a laser e a verificou. Já estava com uma faca de combate presa à coxa. Ela a carregava em todos os lugares que ia.

Blaine pegou um rifle de combate.

— Vão! — Sam gritou.

Eles giraram e saíram do Centro de Segurança. Se separaram, correndo em direções diferentes.

Quando Harper seguiu pelo corredor, olhou pela janela e viu uma das naves alienígenas menores passar por eles. Era triangular, negra como a nave mãe e coberta de espinhos semelhantes.

Harper correu para a janela. Viu a nave se elevar até ficar na vertical. Em seguida, se anexou a lateral da estação espacial. Ela ofegou, inclinando o pescoço para espiar a superfície da estação. Muitas naves estavam se alinhando.

Se afastou da janela e continuou correndo. Outras pessoas estavam correndo pelo corredor, gritando e chorando.

— Vão para as cápsulas de escape — Harper gritou.

Alguém bateu nela. Deu um passo para trás e viu Madeline Cochran, chocada e desgrenhada. Ela tinha perdido os sapatos e os pés estavam descalços.

— Tenente, o que está acontecendo?

— Alienígenas.

Os olhos da comandante da estação se arregalaram. De repente, houve um barulho alto na parede exterior ao lado delas. Uma chuva de faíscas tomou conta do corredor.

Um pedaço gigante de metal oval começou a brilhar e Harper ficou olhando, sem palavras. Com um assobio suave, o metal se desintegrou.

Dois alienígenas gigantes entraram na estação espacial.

Harper sacou a pistola a laser. Os recém-chegados se

elevavam sobre ela, com mais de dois metros de altura, e se moviam com duas pernas enormes. A pele deles era marrom e dura. Por baixo, ela podia ver o brilho das veias alaranjadas. Um conjunto de chifres pretos cobria suas cabeças. Deus, eles pareciam demônios vindos do inferno.

O alienígena mais próximo estendeu a mão e capturou Madeline, que estava aterrorizada, balançando a mulher do chão.

Não. Esta era a estação espacial de Harper e ela ia proteger seu pessoal. Mirou e atirou.

O laser ricocheteou de forma inofensiva na pele dura. Os alienígenas giraram para olhá-la, e ela viu que seus rostos eram dominados por enormes olhos negros sem a parte branca. Eles também tinham duas pequenas presas saindo da boca.

Ela avançou e continuou atirando.

De repente, um deles se moveu. Ela assumiu incorretamente que ele seria lento, mas ele se moveu rapidamente e seu punho enorme bateu na pistola dela.

A arma atingiu a parede com um barulho e antes que ela pudesse processar o que estava acontecendo, um segundo punho bateu na lateral da sua cabeça.

O golpe foi impressionante. A jogou contra a janela de vidro, deixando-a atordoada.

Com um zumbido na cabeça, viu o outro alienígena agarrar uma cientista em fuga que passava por eles. Os dois começaram a arrastar as mulheres, que chutavam e gritavam.

*De jeito nenhum.* Harper se endireitou, afastando a

dor. Correu, saltou e aterrissou nas costas do alienígena mais próximo.

Quando o alien soltou um rugido ensurdecedor, ela puxou a faca e enfiou na parte de trás do pescoço da criatura. Ele soltou outro grito, largando a cientista e se virando.

— Corra! — Harper gritou.

A cientista recuou, depois se virou e correu.

Harper arrancou a lâmina e o esfaqueou novamente. Sangue laranja começou a sair da ferida.

Ele girou e depois a jogou contra a parede. Tinha uma distinta cicatriz branca e enrugada na bochecha e agora parecia chateado. A dor atravessou Harper e ela largou a faca. O alienígena bateu novamente nela e desta vez ela perdeu o controle e caiu no chão.

*Droga*. Havia quebrado algumas costelas.

Dois pés enormes e com escamas pararam na sua frente. Ela ouviu alguns grunhidos e sons guturais que assumiu ser a língua dos alienígenas. Então um deles pegou sua pistola a laser e a faca. Ele as jogou bem na frente do seu rosto, depois pisou nelas. Ela ouviu um ruído de metal.

Em seguida, o alienígena a agarrou pela roupa e começou a arrastá-la para frente. Harper se contorceu e lutou, pressionando o salto de suas botas contra o chão.

Mas o alienígena era forte e continuava puxando-a como um saco de batatas.

Em seguida, a arrastou pelo buraco que haviam cortado na parede e entraram na nave.

Foi jogada no chão na parte dos fundos. Madeline já estava lá, soluçando baixinho.

Harper se levantou.

— Vamos!

Seu sequestrador lhe deu um soco, atingindo-a com outro golpe na cabeça. Ela caiu no chão e manchas pretas gigantes pontilharam seus olhos.

Não podia perder a consciência. Tinha que ficar alerta. Precisava ajudar.

Quando conseguiu olhar para cima e se concentrar, viu que o alienígena estava segurando um pequeno dispositivo metálico. Tocou em algo e barras alaranjadas apareceram, cercando a ela e a comandante da estação em um cela improvisada.

— Estou com medo — Madeline falou.

Harper também estava, mas não ia ceder. Apoiou um pé embaixo do corpo e se levantou. O alienígena com o controle sorriu, ou ao menos ela imaginou que o movimento da boca feia era um sorriso. A curva dos seus lábios fez a cicatriz enrugar ainda mais.

O alienígena gigante apertou outro botão no dispositivo. Desta vez, uma nuvem azul encheu a cela. Harper instantaneamente prendeu a respiração.

Ao seu lado, Madeline caiu no chão. Harper sentiu seus pulmões começarem a queimar. Isso era ruim. Muito ruim. Ela deu um olhar irritado para o captor alienígena.

A boca voltou a se curvar naquele sorriso assustador.

Seu peito estava queimando agora. A tontura a atingiu e ela sentiu o alienígena observando-a e esperando. Não, ela não conseguia respirar.

Mas mesmo Harper não era forte o suficiente para combater a natureza. Seus pulmões, privados de oxigênio, venceram a batalha e ela ofegou.

O produto químico azul tinha um sabor doce. Quando ela caiu no chão, a última coisa que viu foi o sequestrador se acomodar atrás dos controles da nave.

Em seguida, as pálpebras de Harper se fecharam e tudo se apagou.

# CAPÍTULO TRÊS

Raiden Tiago girou sua espada e a balançou contra o machado gigante que estava vindo diretamente na sua direção.

Ele se abaixou e rodou. A espada robusta e muito afiada cortou o cabo do machado, jogando a cabeça do armamento na areia a seus pés.

— Mas que droga, Raiden. Esse é o terceiro machado que você arruína esta semana.

Raiden se virou, abaixando a espada.

— Isso deve te encorajar a se mover mais rápido, Thorin.

Seu amigo, um homem alto como uma montanha, cruzou os braços enormes e grunhiu.

— É a você que chamam de o maior gladiador da Arena Kor Magna. Eu não gostaria de te envergonhar na frente dos seus fãs.

Raiden bufou. Ele não se importava com os torcedores.

Se virou e olhou pela pequena arena de treinamento.

Tinha o formato oval, com fileiras de assentos circulando-a. Estavam todos vazios no momento. Do outro lado, Kace, seu companheiro de arena, estava treinando novos gladiadores com redes a laser.

Os sentidos de Raiden se expandiram e ele pôde sentir as essências de Kace e Thorin. Todos os aurelianos tinham essa capacidade de sentir como era uma pessoa. Para Raiden, Thorin era força e poder, mas ele também sentia algo mais sombrio à espreita em seu amigo. Kace era brilhante, forte e correto.

De repente, o rugido de uma nave espacial soou no alto. Raiden olhou para cima e viu a enorme nave thraxiana coberta de espinhos indo em direção ao espaçoporto. A nave ameaçadora lembrou a Raiden as bestas *achna* que já haviam vivido nas florestas de seu mundo de origem.

— Sangue fresco — Thorin declarou.

Raiden grunhiu novamente e sentiu o estômago apertar. Os *drak* dos thraxianos estavam sempre ocupados escravizando pessoas ou destruindo vidas. Mudou seu foco para os muros altos da arena principal, que se elevavam além dos muros da arena de treinamento.

Essas paredes não eram a coisa mais alta do mundo deserto de Carthago, mas eram as mais antigas e tinham mais influência. Esta noite, os assentos da arena estariam cheios de torcedores gritando, vindos de toda a galáxia. Havia um ritmo de vida aqui neste planeta distante do canto extremo, e tudo girava ao redor da arena. Gladiadores iam e vinham, ascendiam e caíam, tudo pela força de suas espadas.

O desfile interminável de naves chegou despejando

novos e possíveis futuros gladiadores. Alguns eram escravos lutando por liberdade, outros eram prisioneiros de guerra, alguns militares em treinamento que vieram testar suas habilidades e outros, eram voluntários procurando a fama e fortuna associadas à arena de gladiadores.

Sobre a arena principal, erguiam-se os prédios altos e brilhantes do Distrito. A extensa cidade de Kor Magna cercava a arena, mas o Distrito atendia a todos os espectadores fanáticos que vinham de toda a galáxia para assistir às lutas.

O Distrito atendia as necessidades de todos e, felizmente, recebia os créditos. Qualquer que fosse o vício que se desejasse, era possível encontrar no brilho e glamour do Distrito: jogos de azar, shows extravagantes, álcool, drogas, bordéis... a lista era interminável. Alguns dos proprietários de cassinos eram tão ricos quanto os operadores que possuíam e administravam as casas dos gladiadores.

Luzes estroboscópicas brilhavam no céu escuro. Raiden adivinhou que os espectadores já estavam entrando na arena. Os patrocinadores estariam sentados em seus camarotes, bebendo e jantando.

— Grande luta hoje à noite.

Raiden assentiu para Thorin.

— É sempre uma grande luta.

— Mas hoje à noite, a Casa de Thrax terá um novo gladiador no ringue.

Só este nome era o suficiente para fazer os músculos de Raiden se contraírem. Thraxianos. Uma espécie sanguinária que ele odiava até o âmago. Uma espécie que havia tomado tudo de Raiden.

Se virando, ele caminhou até o porta-armas. Pegou um pano lubrificado e começou a limpar sua espada.

Ao contrário da maioria dos gladiadores, não gostava de alta tecnologia, extravagâncias, nem nada espalhafatoso. Sua arma era uma espada curta clássica aureliana. Uma lâmina forte e reta, forjada no metal mais forte da galáxia. Enquanto a limpava, as inscrições verde-neon ao longo da lâmina brilharam de forma breve, em um idioma que ele aprendeu quando criança.

Quando as inscrições desapareceram, enfiou a espada na bainha presa ao seu corpo. O passado era o passado. Era melhor olhar para frente, não para trás.

— Isso não parece um treinamento intenso para mim.

A voz profunda fez Raiden olhar para cima. Galen estava perto, com uma capa longa e preta caindo de seus ombros. Ele estava sempre vestido com peças de couro preto, pronto para uma luta, apesar de ter desistido há muito tempo de lutar para se tornar o Imperador da Casa de Galen.

A Arena Kor Magna era composta por mais de trinta casas principais de gladiadores. Algumas existiam há séculos enquanto outras eram novas e tentavam criar suas reputações. Alguns estavam relacionadas a certas espécies e planetas enquanto outras, como a Casa de Galen, eram dirigidas por um único imperador.

Em vez de empunhar uma arma, Galen agora possuía e treinava gladiadores para a arena. Ele era vários anos mais velho que Raiden. Tinha um rosto austero e bronzeado, com uma cicatriz que cruzava a bochecha esquerda e usava um tapa olho preto do mesmo lado. Seu olho direito era como um pedaço de gelo das montanhas de Ixsander e seus cabelos escuros tinham um leve toque grisalho nas têmporas. Seu corpo era forte e musculoso, e Raiden sabia que se Galen tivesse que pegar uma espada novamente, ainda seria uma força a ser considerada.

A essência de Galen parecia aço, gelo e sombras inflexíveis. Raiden se perguntou se o homem já havia demonstrado seu verdadeiro *eu* a alguém.

— Vai ver os recém-chegados? — Raiden perguntou.

Galen assentiu.

— Dizem que os thraxianos estão capturando fora dos limites conhecidos.

Raiden franziu a testa.

— Onde?

— Aparentemente, eles encontraram um buraco de minhoca em algum lugar desconhecido. Do outro lado da galáxia.

Raiden ergueu as sobrancelhas. Levaria centenas de anos para chegar tão longe pilotando espaçonaves com singularidade convencional.

— Encontrei alguns lutadores novos e interessantes que eles trouxeram. — Galen deu de ombros. — Vou dar uma olhada e julgar por mim mesmo.

Os thraxianos eram os piores traficantes de escravos. Sequestravam qualquer pessoa ou coisa que não estivesse presa e lucravam bastante vendendo pobre almas em lugares como Kor Magna. Não se importavam se seus prisioneiros eram combatentes ou não. Nem se morreriam no ringue de gladiadores, nos fundos de alguma mina, ou confinados em alguma fábrica úmida e quente em ruínas.

As opções para os escravos na maior parte da

galáxia eram todas ruins. Raiden sabia disso melhor do que ninguém. Pelo menos aqui, em Kor Magna, havia opções para quem quisesse. Chegou aqui quando era um adolescente revoltado, cujo mundo inteiro havia sido destruído. Teria sido fácil desistir, se resignar e morrer.

Mas Raiden nunca foi do tipo que desiste.

— Estoque exótico, é? — Thorin colocou os pedaços do machado quebrado na prateleira. A equipe de suporte bem treinada de Galen o levaria ao mestre de armas, que o consertaria ou o derreteria em partes. A Casa de Galen empregava um grande número de trabalhadores que limpavam, cozinhavam e faziam manutenção. — Que tal você encontrar algumas *lutadoras* bonitas e exóticas? — Thorin sugeriu.

Raiden sabia que seu amigo gostava de mulheres fortes na cama.

— Exótica? Alguém diferente e estranha? — A nova voz era suave e profunda. Raiden virou a cabeça quando Kace se juntou a eles. — Acha que as mulheres gostam de ser chamadas de exóticas e estranhas, Thorin?

O homem era um dos mais novos gladiadores da Casa de Galen, mas rapidamente se tornou conhecido. Não havia dúvida de que havia nascido e sido criado para ser militar. Com sua postura firme e olhar atento, ficou claro que ele não era escravo. Não, Kace fazia parte da elite militar do seu planeta e passava um tempo na arena para aprimorar suas habilidades.

A honra e o dever estavam incutidos nele. Era um lutador excelente e disciplinado, que se esforçava para não lutar com gladiadores menores e mais fracos. Felizmente, a multidão adorava a necessidade de Kace de proteger gladiadores menores.

Kace balançou a cabeça.

— Não é de se admirar que você não consiga manter uma mulher na sua cama por mais de uma noite.

Thorin deu de ombros.

— Não tenho nenhum desejo de manter uma mulher. — Ele cruzou os braços. — Pelo menos eu as tenho na minha cama... a sua está sempre vazia.

O rosto de Kace ficou inexpressivo.

— Por escolha.

Galen semicerrou os olhos na direção de Kace.

— Você está aqui há tempo suficiente para saber como a arena funciona. Quanto mais interessante for o gladiador, diferente e agradável com a plateia, melhores eles são. Quanto melhores meus gladiadores, a Casa de Galen prospera mais. Os thraxianos prometeram uma formação de lutadores únicos, bem como algumas bestas nunca vistas antes. Quero dar uma olhada, embora todos saibamos que os thraxianos são propensos ao exagero. — Ele encarou Raiden. — Gostaria que você viesse comigo e me desse sua opinião.

Raiden assentiu. Ele odiava ir a qualquer lugar próximo dos thraxianos, mas sabia o verdadeiro motivo pelo qual Galen queria sua opinião.

O imperador se virou para os outros e apontou para as salas de treinamento.

— Vocês ficarão satisfeitos em saber que organizei massagens para vocês.

Thorin soltou um gemido.

— Sim.

Raiden sorriu. Todos desfrutavam das massagens da equipe de curandeiros de Hermia que Galen empregava. As massagens relaxavam os músculos tensos e os faziam esquecer, por um segundo, onde estavam.

O olhar azul gelado de Galen apontou para Raiden.

— Quero que ganhe a luta hoje à noite. Basta fazer o habitual e vencer, mas talvez você pudesse interagir com a plateia um pouco mais.

Thorin bufou.

— Galen, há quantos anos você diz ao Raiden para fazer isso? O cara luta e vence. É isso aí. Ele não gosta de ninguém.

Um músculo tensionou na mandíbula de Galen.

— Você poderia ser dono da arena, se quisesse.

Raiden ficou calado.

— Ele já a assumiu — Kace comentou com a expressão suave.

— Vamos fazer a massagem. — Thorin deu um tapa nas costas do gladiador mais jovem, a luz brilhando nas escamas que reluziam em seus braços. Enquanto Raiden era coberto de tatuagens, a pele de Thorin ocasionalmente mostrava manchas de escamas escuras na luz certa. Um segundo depois, as escamas haviam sumido. A pele bronzeada de Kace não tinha adornos. Ele era cuidadoso com a aparência e se recusava a mudar isso.

Thorin e Kace seguiram adiante, e Raiden e Galen deixaram a arena de treinamento.

Raiden se perguntou o que encontrariam no bloco de leilão thraxiano.

Tudo poderia acontecer na arena. Na areia enchar-cada de sangue, era possível encontrar esperança, desespero, alegria, dor e – se estivesse procurando por isso – algo para deixar tudo longe.

Era por isso que Raiden lutava. Para manter o passado, as lembranças e a dor afastados.

---

HARPER OUVIU barulhos e levantou a cabeça. Pelo menos, tentou. Como sempre, as drogas a deixaram lenta e sem energia. Detestou a sensação.

Puxou os pulsos e ouviu as correntes tilintarem. Seu ombro estava doendo desde que lutou com seus captores.

Olhou ao redor da cela. O chão e as paredes eram de um tom marrom escuro, feito de uma substância resistente que a fazia se lembrar da pele thraxiana. Luzes alaranjadas embutidas nas paredes davam ao lugar um brilho sinistro. Havia um minúsculo banheiro nos fundos, mas fora isso, não havia mais nada lá – nem roupa de cama, entretenimento ou cadeiras.

Quando não estava acorrentada por punição, fazia todos os exercícios e rotinas de treino que conhecia. Perdeu a noção de quanto tempo estava em cativeiro. Quanto tempo se passou desde o ataque à estação espacial? Dias, semanas, meses? Não tinha ideia do que havia acontecido com a Estação Fortuna, nem viu Madeline depois que as duas foram arrastadas para esta nave. Todos os dias, Harper se perguntava o que teria acontecido com seus amigos e colegas, com Regan, Rory, Sam e Blaine.

Depois daquelas primeiras horas horríveis, após ter sido despida e banhada com algum produto químico que imaginou ser para descontaminação de qualquer germe da Terra, eles a prenderam e injetaram algum tipo de dispositivo na sua pele, logo abaixo da orelha esquerda.

Era uma bênção e uma maldição, porque agora ela podia entender cada palavra que seus captores diziam. Algumas vezes, os thraxianos a deixavam ir a uma sala de ginástica maior. Viu muitas outras espécies exóticas, todas prisioneiras como ela, e o implante havia traduzido seus idiomas também. No entanto, os thraxianos nunca permitiam que falassem uns com os outros.

O que ela não viu foram outros humanos.

Isso a aterrorizou. A nave havia parado várias vezes – exatamente como agora. Reconhecia quando os motores não estavam funcionando. Sabia que estavam parando em planetas alienígenas distantes, mas qualquer surpresa com a descoberta de novas formas de vida foi substituída por horror. Agora, ela sabia que a única razão pela qual os thraxianos paravam era para vender e trocar seus *produtos*.

Fazia muito tempo que não saía da cela. Os thraxianos a achavam... perturbadora. Sorriu de forma severa com o pensamento. Sim, esses cretinos alienígenas haviam aprendido da maneira mais difícil que ela não seguia muito bem as ordens de traficantes de escravos. E ela realmente não gostava de ser prisioneira.

Harper se moveu para que pudesse esfregar o ombro dolorido. Não fazia sentido lutar com eles – eram maiores e mais fortes, e não encontrou maneira de escapar –, mas não aceitaria a escravidão de bom grado.

De repente, ouviu um bip desagradável e ficou rígida. Sabia o que estava por vir.

Um fluído era borrifado do teto, pulverizando as

paredes da cela e se impregnando nela. A calça cinza simples e folgada e a camisa que usava ficaram ensopadas, grudando na pele. Seus cabelos grudaram na cabeça. Agora estava vários centímetros mais longo do que em Fortuna.

Essa era a maneira thraxiana de banhar prisioneiros.

Um segundo depois, o fluído foi desligado. Viu os últimos esguichos descerem pelo chão de metal e desaparecerem em um longo e estreito ralo no centro da cela. Durante esse tempo, o tecido de alta tecnologia de suas roupas já estava seco.

Então, ela ouviu o som pesado de passos do lado de fora. Harper franziu o cenho. Eles obviamente desembarcaram em um novo local. Finalmente a deixariam sair da nave? Seu pulso acelerou. Deus, a chance de respirar um pouco de ar fresco...

Sentiu a compaixão e a tristeza aumentar, obstruindo sua garganta. Sabia que estava longe da Terra. Tinha conhecimento de que sua situação era ruim. Agora era propriedade dos thraxianos e seu destino era desconhecido. Fechou os olhos e respirou fundo algumas vezes, afastando as emoções inúteis. Tudo bem, o ar não era fresco, mas era respirável. Eles a alimentaram e a banharam. Estava viva e, enquanto se mantivesse assim, havia esperança de se libertar e encontrar um caminho de volta para casa.

Uma luz piscou acima das portas e elas se abriram. Dois grandes thraxianos entraram na cela.

Ela ainda achava que eles se pareciam com demônios, com os chifres, a pele dura e escura, e as pequenas presas emoldurando as bocas. Mas brigar tanto com eles havia lhe dito muitas outras coisas também.

Eles tinham órgãos próximos à pele, na região lombar. Caíam facilmente se atingidos ali. Suas articulações eram fracas nos braços e joelhos. E aqueles grandes olhos escuros eram vulneráveis.

Harper engoliu um gemido. Um dos dois tinha uma cicatriz branca enrugada na bochecha.

Scar Face a atormentou desde que a arrastou de Fortuna. Se referia a ele assim por causa da cicatriz no rosto. Ele a atingia um pouco mais forte, chutava ou golpeava com mais frequência do que os outros guardas. Ele não se esquecia, nem por um momento, que ela enfiou uma faca nele em Fortuna.

Agora, ele aproveitou a oportunidade para chutá-la. Ela se esquivou o máximo que as correntes permitiam, e ele só deu um golpe de relance na lateral do corpo dela.

O outro alienígena emitiu um grunhido, se abaixou e a puxou para ficar de pé. Soltou suas correntes e a segurou enquanto Scar Face prendia seus pulsos com uma algema brilhante e flexível. Um deles deu uma injeção em seu pescoço. Ela sentiu a picada e sibilou.

Quando a empurraram para fora da cela, sua cabeça clareou da névoa das drogas. Se perguntou onde é que estavam. Teve a impressão de que os thraxianos paravam em mundos famintos por trabalhadores. Esse novo mundo seria um planeta de mineração, um mundo industrial ou – seu estômago revirou – um bordel?

Uma fila de outros alienígenas se formou no corredor à frente, e ela foi empurrada sem cerimônia para o final.

Todos os alienígenas que viu eram bem maiores que

ela. Estava começando a ter a impressão de que os humanos eram muito baixos para os padrões das galáxias. Ela era alta para uma mulher, mas desde seu cativeiro, se sentia minúscula. Não gostava nada disso.

Havia alguns brutamontes no começo da fila, e o alienígena alto à sua frente parecia um humanoide, embora ele – ou ela, era difícil dizer – tivesse um par de asas bonitas e brilhantes saindo de suas costas. Viu uma grande variedade de formas alienígenas e se perguntava o que os cientistas achariam do fato de tantas parecerem humanoides, algumas quase indistinguíveis dos seres humanos.

Um momento depois, um grunhido alto soou atrás dela e os prisioneiros foram levados pelo corredor. Seus passos ecoaram no chão. Logo, eles saíram da área da prisão e entraram na parte principal da nave.

Ali, o chão e as paredes eram do mesmo tom de marrom escuro que a cela, com portas em arco que davam para diferentes salas. As mesmas luzes laranja estavam dispostas ao longo da base das paredes para iluminar o caminho.

A fila de prisioneiros continuou a seguir em frente, corredor após corredor. Scar Face lhe deu alguns empurrões fortes pelo caminho, mas ela mordeu a língua e tentou se manter calma. Até que se aproximaram de uma porta grande e em forma de arco, que se abriu quando se aproximaram.

O coração de Harper se apertou, cheio de um breve lampejo de esperança. Pela primeira vez em séculos, ela ia sair.

O calor seco a atingiu no rosto, mas ela não se importou. Desceu a rampa sem prestar muita atenção. Em vez disso, olhou para o céu e respirou o ar fresco. O céu era de um azul desbotado em comparação à Terra, mas ainda assim era glorioso.

O sol – na verdade, sóis – estavam se pondo. Dois globos grandes e alaranjados, um perseguindo o outro em direção ao horizonte. Ela piscou para a luz que cintilava em seus olhos e os fazia lacrimejar.

Foram levados para fora da rampa e Harper sentiu a areia sob seus pés. Se sentiu mais leve e percebeu que a gravidade do planeta não devia ser tão forte quanto a da Terra.

— Mexam-se — Scar Face falou.

Eles avançaram novamente. À frente, havia um enorme edifício circular. Harper inclinou a cabeça, apreciando a pedra creme e os arcos elegantes. Na lateral, viu luzes de neon piscando, sem dúvida propagandas, e luzes estroboscópicas disparando no céu. Isso a fez lembrar de uma arena de futebol em noite do jogo.

Foram conduzidos a um túnel. As luzes eram fracas e Harper sentiu o cheiro de suor.

— Isso é ruim — o alienígena alto com as asas murmurou.

— Vai ficar tudo bem — ela sussurrou em resposta.

Ele balançou a cabeça, olhando por cima do ombro esbelto.

— Aqui é Kor Magna, no planeta Carthago. *Não* vai ficar tudo bem.

— O que é Kor Magna? — Ela manteve a voz baixa, sem querer atrair a atenção dos guardas.

Os olhos do alienígena alado se arregalaram.

— Você não conhece Kor Magna? Carthago é um mundo sem lei, desértico e é famoso por sua arena.

Harper sentiu seu estômago revirar.

— Arena?

— Carthago é um mundo de gladiadores. — O homem apertou as mãos e suas asas batiam com nervosismo. — Todo mundo que é vendido para cá tem que lutar por sua vida na arena.

## CAPÍTULO QUATRO

Mundo gladiador? O estômago de Harper revirou de forma dolorosa. Imagens da Roma Antiga e os horrores sangrentos do Coliseu surgiram em sua cabeça.

Mas elas se dissiparam quando foram conduzidos para fora do túnel e para um pequeno pátio. Tinha o piso e bancos de pedra, que ficavam alinhados em um lado do pequeno espaço.

À frente, ela viu outras pessoas reunidas. Mais uma vez, todos pareciam de várias espécies humanoides. De repente, Harper se lembrou das divagações noturnas de Regan, sobre como seria a vida alienígena. A maioria das teorias sustentava que os alienígenas não se pareceriam conosco. Aparentemente, algo ou alguém era responsável por garantir que as diferentes espécies da galáxia fossem vagamente familiares. Apenas outro mistério.

Diminuiu um pouco a velocidade, tentando ver melhor as pessoas. Um golpe forte atingiu a parte inferior das suas costas, fazendo-a tropeçar. Ela girou e se agachou, levantando as mãos algemadas. Scar Face estava olhando para ela com aquele seu sorriso irritante.

O cretino gostava de testá-la. Depois da primeira luta na estação espacial, ela quebrou o nariz dele nas primeiras semanas na nave. Ele também não se esqueceu disso.

Outro guarda thraxiano avançou, murmurando algo para Scar Face. Em seguida, Harper foi empurrada de volta para a fila.

Eles foram organizados em uma linha reta e ela olhou ao redor, tentando captar mais detalhes. Parecia que Kor Magna era uma estranha mistura de tecnologia antiga e nova. As paredes ao redor eram feitas de pedra antiga, e a areia era triturada sob as sandálias no chão de pedra. A pequena multidão usava uma mistura de roupas: vestes, trajes de couro e macacões. Mas também viu uma tecnologia que não conseguia identificar pendurada nos cintos das pessoas – armas, tablets avançados e outros dispositivos estranhos.

Enquanto seu olhar percorria a pequena multidão, notou pessoas que pareciam humanoides, algumas vagamente reptilianas e uma que tinha duas antenas longas na cabeça e olhos multifacetados, o que a fazia se lembrar de um inseto.

Até que seu olhar passou para os dois homens no final da fila, que pareciam quase humanos. Mas os dois eram bem altos. Deviam ter mais de um metro e noventa e oito. Um parecia um pouco mais velho, seu rosto era cheio de cicatrizes, usava um tapa-olho preto e tinha cabelos grisalhos nas têmporas. Mas seu corpo era firme e musculoso, com pernas fortes cobertas por calças de couro escuras. Ele usava blusa de couro que cobria um braço e deixava o outro nu, e uma capa preta. Seu olhar azul-gelo observava a fila sem um pingo de emoção.

Em seguida, olhou para o homem ao lado dele e tudo dentro dela ficou imóvel.

Ele parecia um deus durão coberto de tatuagens.

Era cerca de três centímetros mais alto que o amigo, usava a mesma calça de couro preta, mas seu peito estava nu, a não ser pelas tiras de couro que atravessavam sua pele, unidas por um medalhão de ouro polido. As tiras seguravam a capa vermelho-sangue que pendia de suas costas. O poder irradiava dele. Ela notou que as pessoas próximas o observavam de forma respeitosa.

O peito de Harper se apertou um pouco. Não havia um pingo de gordura nele, e todos os seus músculos e tatuagens – e havia muitos deles – estavam em exibição. Ele era constituído por cumes definidos e faixas duras de músculo, e cada centímetro era coberto por marcas surpreendentes.

Todas as tatuagens foram feitas em tinta preta, não havia qualquer cor à vista. O braço e o ombro esquerdo estavam cobertos de desenhos e redemoinhos de aparência tribal, no braço direito havia uma bela inscrição que ela não conseguia ler e, nas laterais, viu imagens fascinantes. Algo em Harper desejava poder ler as palavras e ver as imagens para entender qualquer história incrível que elas contassem.

Seu olhar percorreu o corpo dele e quando alcançou o rosto severo, ela ficou rígida. Ele a estava olhando.

Seus olhos eram profundamente verdes e o rosto não

era particularmente bonito, mas era imponente. Harper levantou o queixo e manteve o olhar no dele. Estava muito longe de casa e, por enquanto, era escrava, mas não ia agir como uma.

O alienígena alado na sua frente começou a emitir um som baixo e agudo. Scar Face avançou e bateu com o bastão nas costas dele. Com um grito, ele caiu de joelho. O bastão havia rasgado parte da asa delicada.

Quando Scar Face ergueu o bastão novamente, Harper deu um passo à frente e bloqueou o golpe com as mãos.

— Chega. — Ela empurrou o bastão para longe. — Deixe-o em paz.

Scar Face se virou para olhá-la e seus lábios se afastaram, exibindo as presas. Os thraxianos tinham dentes pretos, o que aumentava ainda mais sua aparência assustadora. Harper engoliu em seco. Sabia que defender o alienígena iria lhe render uma surra, mas neste momento, não se importava. Ao observar Scar face, percebeu que ele havia atacado o outro macho para provocá-la.

*Quer uma luta, seu cretino?* Todas as suas emoções vieram à tona. O medo, a solidão, a dor, a tristeza e a raiva. Os sentimentos se fundiram em uma bola quente em seu estômago. *Conseguiu uma.* Harper se colocou em posição de luta e ergueu os braços.

Scar Face ergueu o bastão e Harper se moveu.

Ela se abaixou, empurrando o cotovelo em um ponto de pressão no joelho dele. Ao longo das semanas e meses, ela testou todos os pontos dos corpos dos thraxianos. Sabia que havia certos lugares em seus corpos que eram hipersensíveis. Assumiu que os nervos ficavam agrupados nesses pontos, e um golpe bem dado causava dor intensa.

O guarda rugiu e quando seu joelho cedeu, Harper bateu em seu queixo. Em seguida, apontou os dedos para os seus olhos. Ele largou o bastão e ela o pegou antes que caísse no chão. Se endireitando, ela se virou e bateu na parte inferior das suas costas.

Scar Face caiu, dando um gemido horrível. Harper apoiou a ponta do bastão na base da cabeça, outro ponto vulnerável. Ele ficou quieto, cuspindo sangue laranja da boca.

Enquanto os outros guardas corriam em sua direção, ela largou o bastão e levantou as mãos. Não pararia a surra, mas se lutasse com um grupo deles, só encorajaria a sua raiva e provavelmente acabaria morta.

Se preparou para o primeiro golpe.

— Deixe-a.

A voz profunda a fez virar a cabeça. Era o gladiador tatuado.

Ele a olhava como se pudesse ver dentro dela. Em seguida, ele olhou para o homem com o tapa-olho ao seu lado e eles trocaram um aceno.

Os olhos verdes se voltaram para ela e a intensidade deles a queimou.

— Vou levá-la.

---

FAZIA horas desde que Harper foi arrastada nua para uma cela nas profundezas da arena. Ou pelo menos ela imaginava que fosse na arena. Cobriram sua cabeça com um saco e foi arrastada sem cerimônia até lá. Ninguém lhe disse uma palavra.

O chão era de pedra e havia barras de metal. Passou as mãos pelas barras frias. Podia ouvir o rugido distante de uma multidão que aplaudia.

Estava claro que havia uma luta acontecendo na arena. Ela se perguntou quanto tempo levaria até ser jogada no ringue e ter que lutar por sua vida. Seu estômago roncou e ela encostou a cabeça nas barras.

— Estou com muito medo.

O sussurro baixo a fez virar a cabeça. Na cela seguinte, havia um homem que parecia humanoide, exceto pelos espinhos que desciam pela lateral do pescoço. Ele era enorme, muito maior que ela. Mas apesar do tamanho, o gigante estava aterrorizado.

— Não posso lutar — ele disse. — Não sei fazer isso. Vou morrer assim que pisar na arena.

— Ainda não sabemos o que vai acontecer — Harper falou.

— Vamos lutar por nossas vidas — outra voz rouca falou. — Ou morreremos.

Havia outro homem na cela do gigante. Ela se lembrou dele na fila. Ele tinha o corpo alto e musculoso de um nadador e a pele cinza.

Harper não respondeu. Mais uma vez, pensou em Roma, e em lutas até a morte diante de imperadores bárbaros.

Muitos dos cientistas de Fortuna estavam entusiasmados com a perspectiva de fazer contato com vida alienígena. Para descobrir todas as novas tecnologias e maravilhas da galáxia.

Isso não era tão maravilhoso.

Ela apertou as barras. *Enfrente um minuto por vez.* Só precisava sobreviver. Depois encontraria o caminho para casa... de algum jeito.

Olhou para o fundo da cela. Seu amigo alado estava encolhido e aterrorizado. O gladiador tatuado e seu amigo selecionaram várias pessoas da fila, mas Harper não conseguiu identificar qual era a estratégia. Alguns dos homens eram claramente lutadores, mas outros – seu olhar caiu sobre o alienígena com asas novamente – não eram.

— Qual o seu nome? — ela perguntou ao grande alienígena.

— Ram. E este é Artus. — Ele assentiu para o homem de pele cinza.

Ela viu que o alienígena com asas estava olhando-a.

— Sou Pax — ele disse em um tom de voz gentil.

— E eu sou Harper. Tudo o que precisamos fazer é enfrentar um dia de cada vez. — Ela viu que todos a observavam com esperança em seus olhos. — Sendo espertos, observando, aprendendo e, eventualmente, teremos uma chance de escapar.

Mais aplausos vindo da multidão ecoaram pelas celas e então desapareceram lentamente. Ela inclinou a cabeça, imaginando quem havia morrido e quem havia vencido, simplesmente pelo prazer das massas.

Minutos depois, passos pesados ecoaram do lado de fora das celas e o gladiador com o tapa-olho apareceu. Seu outro olho parecia um pedaço de gelo e algo lhe disse que apesar de ter apenas um olho, esse macho não perdia nada.

— Lamento mantê-los esperando — ele falou. — Quero dar as boas-vindas à Casa de Galen.

— Quem é você? — Harper perguntou.

O olhar gelado do homem se moveu para ela.

— Sou Galen. O imperador desta casa e seu novo dono.

— Então você é um traficante e nós somos seus escravos.

O homem a ignorou e se moveu ao longo das celas, olhando para cada ocupante. Em seguida, acenou para outro guarda que estava próximo.

— Isso quase não pode ser considerado uma cela. Agora vamos levá-los para suas residências permanente. A nova casa de vocês. — Ele lhes deu um olhar duro. — Quanto mais vocês abraçarem seu destino e seguirem minhas regras, mais fáceis as coisas serão.

Quando a porta da cela foi aberta, Harper saiu para o corredor.

— Não sou escrava. Fui sequestrada. Não vou "abraçar o meu destino".

Galen se aproximou, segurando algo. Antes que ela descobrisse o que ele havia planejado, ele colocou uma pulseira em seu pulso e a fechou.

— Que merda é essa? — Ela levantou o braço, observando a faixa preta fina. Era feita de algum tipo de plástico moldado. Viu o guarda colocar o mesmo dispositivo nos outros prisioneiros.

— Segurança — Galen respondeu. — Um pequeno

explosivo está embutido aí. Se algum de vocês deixar o limite da arena, irá detonar.

*Merda*. Harper engoliu seu xingamento. Ela viu Galen observá-la e se recusou a reagir.

— Você é a escória dos traficantes de escravos.

Galen se virou e o guarda fez com que todos o seguissem. Com os outros prisioneiros, ela seguiu o homem por um túnel. Eles se moveram através de vários túneis, até que Galen se aproximasse de uma grande passagem em arco, com enormes portas de metal. Cada porta tinha marcado o perfil de um gladiador com um capacete ornamentado.

As portas se abriram e eles entraram.

Havia um grande espaço aberto. O chão de pedra estava limpo e não havia móveis, exceto tapeçarias vermelhas e cinza com a mesma estampa de gladiador da porta. Um lado da sala era cheio de portas e o outro, de celas.

Uma sensação de desamparo tomou conta de Harper. Deus, ela desejou estar de volta a Fortuna, lutando na academia com Rory ou ganhando de Regan nas cartas.

O guarda abriu a primeira cela, conduzindo dois prisioneiros para dentro. Pelo menos, as celas eram mobiliadas com beliches estreitos, cobertores dobrados, uma mesa e cadeiras. Havia uma portinha nos fundos de cada cela que ela imaginou levar a um banheiro.

A porta da cela foi fechada com força e o som metálico ecoou nos ouvidos de Harper. A seguinte foi aberta e Ram e Artus foram convidados a entrar.

Harper foi levada até outra cela, e o guarda colocou uma chave na fechadura. Parecia ser antiga, mas ela ouviu um sinal sonoro e soube que as fechaduras eram de alta tecnologia.

— Essas também são celas temporárias — Galen avisou. Seu olhar se moveu sobre todos. — Amanhã vocês enfrentarão a luta de iniciação para que possamos avaliar seu potencial.

Pax choramingou da cela vizinha.

O rosto de Galen ficou impassível.

— Descansem um pouco.

*Tudo bem, certo.* Harper brincou com a pulseira no pulso.

De repente, ouviu o eco de vozes masculinas. Pareciam felizes, brincando e chamando um ao outro.

Harper se virou e arregalou os olhos. Três gladiadores enormes entraram na sala. Seus peitos nus estavam cobertos de manchas de sangue.

Um alienígena enorme estava à esquerda, comemorando enquanto segurava um machado com a mão no ar. Seu cabelo escuro era cortado bem curto e quando ele se moveu, ela pensou ter visto o brilho de escamas em seus ombros. Ela piscou e havia sumido.

O gladiador à direita tinha a pele toda bronzeada e uma bela meia armadura de couro bem trabalhada que cobria seu ombro e braço direito. Ele tinha um rosto bonito, cabelos castanhos grossos e estava sorrindo para o macho maior.

A risadinha feminina a fez olhar direto para o gladiador no meio. Era o homem tatuado da exibição. Suas tatuagens brilhavam de suor – pelo menos, aquelas que não estavam cobertas de sangue. Sua capa vermelha contrastava com a pele brilhante e duas mulheres com pouca roupa estavam em seus braços, agarradas a ele. Elas o olhavam com adoração. Uma estava rindo enquanto a outra lhe dava um olhar sensual. As duas eram bonitas, com corpos longos e curvilíneos.

— Meus campeões estão de volta — Galen falou. — Hora de comemorar. — Ele fez um gesto para Harper entrar na cela.

Ela entrou e olhou através das barras. Viu uma das mulheres deslizar o corpo contra o gladiador tatuado enquanto a outra estava beijando a lateral do pescoço dele.

Ela olhou para o rosto do homem e o olhar dele focou no seu. Mesmo através do espaço, ela sentiu o poder daquele olhar.

Uma risada quebrou o feitiço e, respirando fundo, Harper voltou às sombras da sua cela e observou os gladiadores desaparecerem através de uma porta.

Ela olhou para os beliches estreitos do outro lado da cela e notou que um estava ocupado.

Mas isso não importava. Harper nunca se sentiu tão sozinha em toda a sua vida.

Logo, o lugar ficou em total silêncio. Havia um leve brilho do lado de fora, mas na maior parte era tudo sombras. Se sentou e testou a faixa explosiva. Era feita de material resistente, que não conseguia quebrar. Com um bufo, se recostou. Talvez não fosse realmente explosiva. Talvez fosse só um blefe para mantê-los na linha.

De qualquer maneira, Harper decidiu que não iria ficar ali. Ela voltaria ao espaçoporto e encontraria um caminho de volta para a Terra.

Foi até a fechadura e passou os dedos sobre ela.

— O que está fazendo?

Ela levantou a cabeça. Pax a estava observando através das barras enquanto a asa que não havia sido danificada tremulava, nervosa.

— Não vou ficar. — Ela tinha certeza de que podia arrombar essa fechadura se encontrasse algo longo e fino. Olhou para o beliche e o fio de metal que os unia, depois olhou de volta para o alienígena. — Vou fugir.

# CAPÍTULO CINCO

Raiden girou o gelo e o uísque Canellian no copo. Ouviu o riso rouco das duas mulheres que havia passado para Thorin. Seu amigo ficou feliz em ajudá-lo. Elas estavam esparramadas com ele em um grande sofá na sala de estar reservada para os gladiadores mais importantes da Casa de Galen.

Os demais gladiadores que ele chamava de amigos estavam espalhados pelo cômodo. Kace estava conversando com seu parceiro de luta, a alta, magra e letal Saff, que tinha a pele escura e brilhante.

O outro par de lutadores na sala parecia incompatível a princípio, mas eram mortais na arena. Alto e quase elegante, Lore era um showman nato. Ele tinha cabelos compridos e castanhos na altura dos ombros e um rosto quadrado. Seus olhos eram de um cinza prateado inconstante. Lore vinha de um mundo onde a ilusão era valorizada e misturava truques com sua habilidade na arena. Seu parceiro, Nero, era tão grande quanto Thorin, tinha tatuagens para rivalizar com as de Raiden, um rosto que ninguém diria que era bonito e só falava quando lhe convinha.

Risos femininos atraíram seu olhar de volta para Thorin e as moças. Muitas vezes, Raiden gostava de gastar a energia residual de uma luta com uma mulher. Gostava da suavidade de encontro a sua dureza. Os pequenos suspiros e gemidos que soltavam. Adorava se acomodar entre as coxas aveludadas. Não era avesso a levar uma mulher para seu quarto quando lhe convinha. Thorin, por outro lado, gostava de mulheres fortes e sexo intenso, às vezes contra a parede dos túneis, assim que a luta terminava. Ele nunca recusava sexo.

Mas esta noite, Raiden se sentiu inquieto.

Thorin estava dando detalhes da luta.

— E quando o Raiden enfiou a cabeça daquele cara novo da Casa de Thrax na areia — o gladiador bateu palmas —, foi a melhor parte da noite. Isso e o olhar no rosto do imperador de Thraxian.

Raiden grunhiu. Ele não estava ouvindo e não dava a mínima para o imperador da Casa de Thrax. O ódio ardia dentro dele. Havia um thraxiano que ele odiava mais do que todos os outros, embora em todos os seus anos em Carthago, o macho raramente tivesse pisado aqui.

— Não — Kace discordou, falando ali perto. — A melhor parte foi quando Raiden enfiou a espada no ombro do campeão thraxiano.

Thorin não havia terminado.

— Ou talvez a melhor tenha sido quando coloquei um vestido e desfilei pela arena.

Raiden girou a bebida novamente.

— De que cor era o vestido?

— Então você está me ouvindo. — Thorin acariciou o braço de uma das mulheres com sua mão grande. — O que houve? Você ganhou hoje à noite, mas estava... distraído. E ainda me entregou essas duas belezas deliciosas. — Thorin sorriu para as damas. — A perda é sua, meu amigo.

Raiden foi até a janela. Adiante, viu as luzes brilhantes do distrito. Se quisesse, sabia que poderia ir à cidade para jogar *Jaack*, um jogo de altas apostas, ou para uma luta clandestina nas ruas. Ou poderia visitar a Casa do Prazer de Lady Charliza – o grupo mais exclusivo de profissionais do sexo do sistema.

Em vez disso, pensou em olhos azuis firmes observando-o através das barras da cela.

— Bom trabalho esta noite. — Galen se acomodou ao seu lado. — A Casa de Thrax não está satisfeita em ter perdido.

Raiden levantou o copo. Deixar os thraxianos irritados definitivamente era algo a se beber.

Galen o observou antes de pegar uma garrafa de uísque e encher seu copo. Aqui, no círculo interno da Casa de Galen, todos poderiam ser quem realmente eram. Lá fora, Galen era o imperador e todos eram seus gladiadores. Mas ali, longe de olhares indiscretos, eram amigos, com uma longa e sombria história.

Nada era o que parecia na Arena Kor Magna. Essa foi a primeira lição que Raiden aprendeu quando era um garoto de dezessete anos com o coração partido e pisou na areia para sua primeira luta.

Levou o copo aos lábios e tomou o último gole de uísque.

— A Casa de Thrax quer uma revanche. Depois de amanhã.

Raiden assentiu. Eles poderiam tentar.

— Agendaram uma luta com bestas.

Lutas com bestas sempre atraíam um público maior e patrocinadores com maior poder aquisitivo. Mas a cada nova fera que era jogada no ringue, aumentava o risco de ferir os gladiadores. Os principais tipos de predadores que Raiden conhecia, sabia como eles caçavam e como vencê-los. Mas os thraxianos adoravam encontrar algo novo e perigoso. As chances eram de que eles tivessem animais novos e assustadores para soltar na arena.

— Vamos avaliar os recrutas pela manhã — Galen falou. — Pegaremos os melhores e os colocaremos na luta de bestas para testá-los.

Raiden sentiu o olhar de Galen sobre si.

— Vai manter a calma? — seu amigo perguntou.

— Sempre mantenho, G. — Raiden respondeu.

— Sei que você e a Casa de Thrax não são igualmente calmos. Mas parece que você gosta que suas vinganças sejam calculistas.

Raiden sentiu um músculo pulsar na mandíbula.

— Você também não quer vingança? — Ele se virou para encarar Galen. — Eles destruíram nosso mundo, G. Tiraram tudo e todos de nós.

A cicatriz de Galen ficou pálida.

— Fazer os thraxianos pagarem não trará Aurelia de volta.

Raiden sentiu aquela raiva horrível e intensa aumentar. Só ouvir o nome do mundo deles o deixava assim. Ele rememorou aquele comandante thraxiano cretino que ordenou que sua família fosse executada. Sem piedade, ele suprimiu as memórias.

— Às vezes, acho que você me odeia tanto por tê-lo salvado quanto você os odeia por terem destruído o planeta.

Muitas emoções confusas o intimidaram.

— Não quero falar sobre isso.

Galen soltou um longo suspiro.

— Não, você nunca quer.

O olhar de Raiden focou na tatuagem que cobria seu antebraço. Era o idioma de Aurelia. Um juramento, uma promessa gravada em sua própria pele no dia do seu décimo sexto aniversário. Mesmo agora, apesar de tantos anos terem se passado desde que ele disse as palavras, ainda podia lê-las e recitá-las em sua cabeça.

Era a promessa de que ele havia aceitado a honra de ser o herdeiro de seu pai.

E agora isso era apenas uma mentira.

Raiden virou a cabeça, procurando uma distração.

— Quem é a mulher?

Quando os thraxianos empurraram a fila daqueles pobres escravos, em princípio ele achou que ela parecia pequena e fraca. Ela *era* pequena. Em seguida, notou suas curvas suaves e a pele muito delicada.

Até que ela derrubou o guarda com alguns movimentos habilidosos. Um guarda thraxiano muito maior e mais forte que ela. E então ele sentiu sua essência: pura, limpa e muito quente, atada com tiras de aço.

Thorin levantou a cabeça.

— Mulher?

Galen deu de ombros.

— Nunca vi sua espécie antes. Os thraxianos disseram que uma de suas naves pegou um buraco de minhoca transitório e acabou em um espaço desconhecido. No lado oposto da galáxia.

Alguém assobiou.

— Eles a encontraram lá — Galen terminou.

— Buraco de minhoca transitório. — Kace apareceu ao lado deles, segurando seu copo e balançou a cabeça. — Eles tiveram sorte de voltar antes que desaparecesse.

— Os thraxianos não se importam em perder uma nave ou duas, desde que encontrem escravos e lucrem — Galen falou de forma rígida.

— A mulher é pequena — Raiden falou.

— Mas ela demostrou um pouco de talento — Galen respondeu. — Duvido que ela consiga atravessar a arena. A luta de iniciação é pela manhã.

A conversa voltou para uma recapitulação da luta da noite. Raiden colocou o copo em uma mesa lateral e enquanto os outros continuavam bebendo e comemorando, ele foi embora.

Raiden passou pela agora silenciosa Casa de Galen. Os gladiadores classificados de nível intermediário estariam no dormitório principal. Os que tinham classificação mais baixa estariam em suas celas.

Todos tinham que provar a si e sua lealdade na arena antes de receberem o privilégio de liberdade e mais prazeres.

Quando ele se moveu para a área onde estavam localizadas as celas temporárias para novos recrutas não testados, percebeu que estava procurando a pequena e feroz lutadora.

Acenou para o guarda de plantão e caminhou silenciosamente pelas celas. Todos os ocupantes pareciam estar dormindo. Quando chegou à cela onde a viu, olhou através das grades. Podia ver o volume coberto pela colcha em uma das camas beliche, mas a segunda estava vazia. Franziu a testa, se inclinando para a frente. A pessoa que estava ali era grande demais para ser ela.

— Darium. — Ele olhou para o guarda. — Onde está a mulher pequena?

O guarda se aproximou dele, franzindo a testa.

— Na cela dela.

— Abra — Raiden exigiu. Por alguma razão, sua pulsação estava muito acelerada.

Darium levou um instante para abrir a fechadura. Ele entrou, notando uma grande taureana olhando para ele. Não havia mais ninguém na cela.

— Ela fugiu. — Raiden saiu, observando o rosto de Darium ficar acinzentado e com uma expressão de choque. Galen não tolerava falhas.

— Como ela saiu da cela? — O guarda passou a mão pelos cabelos.

A pergunta mais importante era para onde ela tinha ido. De repente, alguém se aproximou das grades na cela ao lado. Raiden levou apenas um segundo para perceber que aquele alienígena franzino e delicado não era adequado para a arena. Nem precisava sentir a essência suave e inconsistente para confirmar.

— Você está procurando pela Harper?

*Harper*. Raiden repetiu o nome em sua cabeça. Tinha uma força que ele gostava e que combinava com a mulher.

— Sim. Sabe para onde ela foi?

O macho assentiu, parecendo despedaçado.

— Ela abriu a tranca e escapou. — Sua respiração era instável. — Eu não deveria te contar... mas temo por ela.

Raiden se aproximou e segurou as grades, observando o macho se encolher.

— Por quê? Para onde ela foi?

Ele engoliu em seco.

— Ela disse que ia para o espaçoporto tentar achar uma forma de voltar ao seu planeta.

Raiden arregalou os olhos.

— Ela sabe que tem uma faixa explosiva no pulso?

— Sim. Mas disse que não se importava. Que não era escrava de ninguém.

*Drak.* Tolinha.

Darium se endireitou.

— Vou chamar o Galen...

— Não se preocupe. — Raiden se virou e a capa resplandeceu atrás de si. — Vou encontrá-la.

Momentos depois, ele estava fora da Casa de Galen, caminhando pelos túneis. Respirou fundo, tentando capturar sua essência. Para ele, era quase como rastrear um perfume... mas ele podia sentir sua presença, não seu cheiro.

*Ali estava.* Aquela força quente e pura que pertencia a Harper.

Raiden começou a correr. Ela estava se movendo rápido. Ele correu pelos túneis, xingando quando errou o caminho algumas vezes.

Pensar nela explodindo o impulsionou.

Seguiu sua essência. Ela havia deixado os túneis e

tinha ido para as áreas onde os espectadores da arena se reuniam antes de se sentarem para assistir uma luta. A passagem circundava toda a arena e era ladeada por arcos abertos. De um lado, era possível ver a arena. Do outro, se contemplava a cidade de Kor Magna e as luzes brilhantes do distrito não muito longe.

Ele avançou e sua essência foi ficando mais forte. Se ela conseguisse sair da arena, os sensores acionariam o explosivo...

Então ele a viu no centro de um dos arcos externos. Ela se agarrava à pedra com uma mão. Tinha o olhar fixo lá embaixo e os músculos tensos.

*Drak*! Ela ia pular.

Raiden acelerou. Ela saltou... no mesmo instante em que ele passou um braço ao redor da sua cintura e a puxou de volta.

— Droga! — Ela se contorceu, lutando com ele.

Eles caíram no chão de pedra.

— Está tentando se matar?

Conseguiu colocá-la debaixo de si, mas um segundo depois, ela conseguiu dar uma joelhada no meio das pernas dele.

Com um xingamento, ele os rolou pelo chão. Ela era rápida e estava motivada, lutando para se libertar dele. Raiden teve que usar seu peso e força para prendê-la.

— Não quero te machucar — ele grunhiu.

Finalmente, ele a imobilizou e segurou seus braços acima da cabeça. Ela deu outro golpe feroz, tentando derrubá-lo e soltar as mãos.

Então se deu por vencida e seus olhos focaram nele nas sombras.

— Quer morrer? — Pensar em sua morte o deixou com raiva. Mas não sabia o motivo.

— Não. Vou embora. Não sou escrava — ela grunhiu, lançando as palavras como se fossem projéteis.

Ele moveu a mão, tocando a faixa explosiva.

— Isso é de verdade, Harper. Se você passar pelos sensores embutidos nas paredes externas da arena, vai explodir.

Ela parou e engoliu em seco.

— Você sabe meu nome.

— Sim. — Ele inclinou a cabeça. — Parte dele. Me diga o resto.

Ela virou a cabeça para o lado.

Ele apertou as mãos que a seguravam.

— Harper, não estou acostumado a receber recusas.

— Adams. Harper Adams. — Ela olhou para cima com uma expressão desafiadora.

— O meu nome é Raiden.

— Bem, Raiden, não serei *propriedade* de ninguém.

Havia coisas que ele queria dizer a ela, mas, como todos os recrutas, ela precisava se acostumar a isso aos poucos.

— Se você for esperta o suficiente para procurar, vai descobrir que há mais aqui.

— Vá se foder — ela retrucou. — Você pode gostar de ser escravo, mas eu, não.

Havia um fogo feroz e silencioso dentro dela. Raiden se levantou e a trouxe consigo. Mas continuou segurando seus pulsos.

— Guarde sua raiva para a arena.

Ela levantou o queixo e ficou em silêncio.

— Você quer mesmo morrer? — Ele acenou para o arco e a cidade se iluminou no horizonte.

— Não. Mas vou sair daqui.

— E vai para onde? — ele perguntou baixinho.

— Para casa. Vou encontrar um jeito de voltar ao meu planeta. Terra.

Terra. Raiden nunca tinha ouvido falar disso e não ficou surpreso ao saber como os thraxianos a haviam encontrado. Ele baixou o tom de voz e acariciou sua pulsação com o polegar.

— Você não pode ir para casa, Harper.

Seus lábios se firmaram em uma linha dura.

— Eu não sou escrava.

— Não é isso. Você pode ganhar sua liberdade, mas nunca poderá voltar à Terra.

Seu olhar ficou afiado como um laser.

— O que você quer dizer?

Droga, ele não queria ser o responsável a dizer isso a ela.

— A nave thraxiana que a capturou usou um buraco de minhoca, uma espécie de atalho no espaço-tempo, para chegar ao seu planeta. A Terra fica do outro lado da galáxia, a partir de Carthago e dos mundos ocupados.

Ele sentiu a tensão irradiar dela.

— E daí? Vou voltar pelo buraco de minhoca.

Raiden respirou fundo, encarando suas mãos unidas.

— Era um buraco transitório, Harper. Completamente aleatório. Está fechado agora.

Ele a sentiu ficar quieta. Impossivelmente imóvel. Quase como se ela não estivesse respirando.

— Eu vou... vou viajar de maneira regular então.

Ele a encarou e se aproximou.

— Mesmo na nave mais rápida disponível, você levaria duzentos anos.

Ela arregalou os olhos e balançou a cabeça.

Raiden entrelaçou seus dedos e gostou quando ela os agarrou.

— Sinto muito. Entendo como é não poder voltar para casa.

Ele viu o choque, a dor e a tristeza em seu rosto. Ela estava lutando para controlar seus sentimentos e compreender tudo. Então ela começou a arfar.

— Estou sozinha.

Raiden não conseguiu se conter e a puxou com força para si, as mãos unidas presas entre seus corpos.

— Não. — Ele a sentiu estremecer em seus braços, mas ela não emitiu nenhum som enquanto se lamentava.

—Você não está sozinha, Harper Adams, da Terra.

# CAPÍTULO SEIS

Harper estava cansada.

Depois que Raiden a levou de volta a sua cela, não conseguiu dormir. Se sentiu... vazia por dentro.

Não havia caminho de volta à Terra.

Esse pensamento não parou de ecoar em sua cabeça. Além disso, depois de tanto tempo na cela da nave thraxiana, a mudança de cenário havia sido perturbadora. Sempre que conseguia adormecer, um som a acordava. Também passou muito tempo se perguntando se Raiden havia voltado para as mulheres com quem o viu no início da noite.

Agora, tinha acabado de comer a refeição simples que havia sido entregue nas celas. Todos estavam tensos, esperando notícias da luta de iniciação.

— Bom dia. — Galen apareceu. — Espero que tenham dormido bem.

Harper olhou para o imperador e se perguntou se Raiden havia contado a ele sobre a sua pequena tentativa de fuga. Brincou com a pulseira em seu pulso.

Quando o olhar penetrante do imperador encontrou o seu, percebeu que sim. Levantou o queixo. Não se importava. Não havia nada que Galen pudesse fazer com ela que fosse pior do que a forma como os thraxianos a trataram.

— Hoje é sua luta de iniciação. Ela vai determinar se você se unirá à Casa de Galen... ou não.

Harper se perguntou o que aconteceria se falhassem. Olhou ao redor. Todos pareciam nervosos, exceto por dois homens enormes na última cela. Eles pareciam ansiosos.

Então notou que Pax não estava lá. Inclinou a cabeça, tentando ver se ele estava sentado.

— Aqueles que passarem na iniciação farão um exame médico e serão levados aos seus aposentos. E agora, vocês terão a honra de conhecer dois dos meus melhores gladiadores.

Ela virou a cabeça e depois *o* viu.

Raiden caminhou na direção deles. Suas pernas enormes e musculosas pareciam dominar o chão enquanto ele se movia. Ao seu lado estava uma gladiadora. Eles formavam um par incrível. O homem grande e robusto, com a pele bronzeada, tatuagens e músculos, e a gladiadora alta e tonificada, com a pele escura e linda. Seus longos cabelos negros alcançavam a cintura e era uma massa de pequenas tranças.

Galen acenou com a mão para o par.

— Apresento a vocês Saff Essikani, a melhor lutadora de boxe da arena.

A mulher assentiu.

— E vocês também tem a honra de conhecer o campeão da Arena Kor Magna — Galen anunciou.

Harper viu um musculo tensionar na mandíbula de Raiden.

— Um gladiador com mais vitórias do que qualquer outro na história da arena.

Harper sentiu um calafrio percorrer sua espinha enquanto os outros recrutas murmuravam animados. Raiden cruzou os braços e moveu os olhos verdes sobre todos até alcançá-la.

— Eu lhes apresento Raiden Tiago — Galen anunciou. — O maior gladiador de Kor Magna e do planeta de Carthago.

Saff estava sorrindo para Raiden quando ele se adiantou. Seus braços flexionaram, atraindo o olhar de Harper para suas tatuagens.

— Vocês estão dando os primeiros passos para se tornarem parte da Casa de Galen.

Todos os recrutas ficaram quietos.

— Como o Galen disse, sou Raiden. Um dos melhores gladiadores da arena.

Harper não tinha ideia se ele estava tentando impressioná-los ou inflar seu próprio ego. Ele estava apenas constatando um fato.

— Não conheço seu passado. Não sei de onde vieram ou que escolhas tiveram ou não... mas nada disso importa. — Seu olhar verde encarou Harper parecendo aborrecido. — Agora vocês são gladiadores e estão aqui para lutar na arena. Essa é a sua vida agora.

Harper deu um meio passo à frente.

— Então, simplesmente temos que ir até lá e morrermos na areia para o entretenimento ridículo de uma multidão sedenta por sangue.

Algo cintilou em seus olhos.

— Vocês vão até lá para ganhar. Por liberdade e honra.

— Por dinheiro — ela respondeu. — Não é melhor que animais indo para o abate.

— Lutas até a morte são raras.

Harper olhou para Saff.

— É mesmo?

— Gladiadores são um grande investimento. Os donos das casas precisam comprá-los, treiná-los, alimentá-los. — Saff olhou para Galen. — Não é verdade, chefe?

O rosto de Galen estava impassível, mas ele assentiu.

— Cada Casa ganha muito dinheiro com seus gladiadores vencendo lutas. Sem mencionar o patrocínio corporativo. Há muita coisa acontecendo na arena e muitas pessoas estão aqui por diferentes razões, mas posso dizer que matar gladiadores não é uma delas.

Harper se lembrou do sangue que cobria Raiden e os demais quando voltaram na noite anterior.

— Mas as pessoas devem se machucar.

Um sorrisinho apareceu nos lábios de Saff.

— Sim, com frequência. E terrivelmente. Mas só os piores lutadores e, felizmente, todas as casas investem pesado na melhor tecnologia médica.

Harper assentiu.

— Então os gladiadores são curados e enviados de volta.

Raiden deu um passo à frente.

— Quanto melhor você lutar, mais fácil fica de ganhar sua liberdade. — Ele olhou para todos eles. — O Galen calcula o número de lutas e vitórias necessárias para todos os lutadores contratados. Depois de alcançar isso, você consegue sua liberdade.

*Liberdade*. O coração de Harper se apertou. Mesmo que ficasse livre, para onde iria?

Olhou de volta para Raiden. O campeão da arena ainda estava aqui, então Galen provavelmente os faria lutar até ficarem velhos e com os cabelos grisalhos.

— Você ainda é escravo.

Um sorriso sombrio apareceu em seus lábios.

— Primeira regra da arena: nada é o que parece.

Saff deu um tapa no braço de Raiden.

— A multidão o ama demais para que ele deixe a arena.

Então era isso que impulsionava esse homem? Fama e fortuna? Ela sentiu uma pontada amarga de decepção.

Ele lhe deu um último olhar duro, depois olhou para o resto do grupo.

— Todos vocês, se alinhem.

Um guarda seguiu pelas fileiras de celas e as destrancou.

— Agora iremos para a arena de treinamento para a luta de iniciação.

Enquanto se moviam em uma fila, Harper procurou novamente por Pax. Ela se aproximou de Ram.

— Ram, viu o Pax?

O grande alienígena assentiu com o rosto sério.

— Eles o levaram.

— Levaram?

— Se mexam. — A gladiadora, Saff, acenou para eles.

Quando saíram para a luz do sol, Harper piscou. Sentiu a brisa quente em sua pele e instantaneamente se imaginou em uma piscina, nadando. Bufou mentalmente. Sim, como se isso fosse acontecer em algum momento em breve.

— As regras são simples. — A voz profunda de Raiden retumbou através deles. Ele apontou para o centro da pequena arena de treinamento. Várias armas jaziam na areia. — Vocês devem ir até a pilha de armas e... lutar.

As veias de Harper se encheram de energia. Ela viu todos os seus prisioneiros se endireitarem e alguns se remexerem.

— Vocês não devem matar — Raiden orientou —, mas sim incapacitar. Galen, Saff e eu assistiremos. Apenas os melhores se tornarão parte da Casa de Galen. — Seu olhar verde encontrou o de Harper. — Vão!

---

RAIDEN ASSISTIU das arquibancadas enquanto os recrutas corriam pela areia.

Havia quinze no total, uma mistura de espécies. Todos eram maiores que Harper.

Disse a si mesmo para parar de observá-la, mas não conseguiu desviar os olhos. Seus cabelos escuros brilhavam com mechas avermelhadas à luz do sol. Quando um gigante frystaniano, um dos primeiros a alcançar as armas, lançou uma espada gigante na direção dela, Raiden lutou para ficar sentado.

Harper caiu, deslizando sob a lâmina e derrapando na areia. Então se levantou, pegando duas espadas curtas da pilha de armas.

Ela se ocupou com um lutador mais baixo e robusto com um bastão longo. Estava claro que ela tinha habilidade com as espadas, embora seu estilo de luta fosse único. Raiden observou seus movimentos, fascinado. Apesar do tamanho, ela era forte, segurava as espadas com facilidade e ele podia ver a definição em seus braços.

Ela derrubou o oponente e bateu com o cabo da espada na têmpora do homem, nocauteando-o.

Em seguida, ela se virou e, um segundo depois, estava correndo pela arena. Raiden franziu a testa. O que ela estava fazendo?

Ela se lançou em uma luta para proteger um parinthiano gigante que, apesar de seu tamanho, claramente não tinha nenhum tipo de instinto assassino.

— Posso estar errado sobre a mulher — Galen comentou, ao seu lado.

— Seu nome é Harper. — Raiden não tirou os olhos dela. Ele a observou pular para atacar outro lutador. Ele inclinou a cabeça. Ela pulava mais alto do que qualquer um que ele já viu.

Saff fez um barulho divertido.

— Aah, não me diga que nosso campeão está encantado pela pequena lutadora. — Saff sorriu. — Sim, ele não pode tirar os olhos dela.

— Só estou curioso. Nunca vi sua espécie antes. Ela é de um planeta chamado Terra.

Voltou a olhar para Harper. Ele viu quando ela se afastou do balanço do machado do seu oponente. Ela era rápida.

Mas força e velocidade não eram suficientes na arena.

Raiden se forçou a avaliar os outros lutadores. Os dois

alienígenas gigantes, um com a pele escamada e o outro com o cabelo tão longo que chegava à cintura, começaram a lutar. Raiden podia ver que eles eram lutadores experientes. Esses dois eram voluntários da arena, não escravos.

Raiden assistiu os homens lutarem, catalogando seus melhores movimentos. O reptiliano era melhor, e logo derrubou o outro homem na areia com um golpe forte.

Ele olhou de volta para Harper. Ela ainda estava ocupada defendendo o parinthiano aterrorizado. Ela chamou um homem de pele cinza e os dois se aproximaram, trabalhando juntos.

— Interessante — Galen murmurou.

Eles estavam longe demais para ouvir as palavras de Harper, mas estava claro que ela estava dando ordens ao homem.

— Ela tem experiência militar — Saff comentou.

— Ela me lembra alguém que conheço. — Galen olhou para Raiden. — Um gladiador jovem, zangado e iniciante que gostava de dar ordens na arena. E que protegia os outros.

Finalmente, restaram apenas Harper e o reptiliano. Seus dois amigos largaram as armas e recuaram.

Ela se aproximou, segurando suas espadas curtas. Não parecia nervosa ou preocupada. Seu rosto estava calmo e composto.

Ela tinha coragem e habilidade, mas o reptiliano era maior e mais agressivo. Raiden ficou tenso. Que se danasse as regras, ele estava pronto para intervir se o alienígena maior a machucasse.

Com um rugido intimidador, o reptiliano se moveu.

Segurava uma espada longa e tinha um alcance muito maior que Harper.

Mas ela usou sua velocidade e tamanho para manobrar ao redor de seu oponente, se esquivando dos golpes. Enquanto Raiden a observava, ela chegou perto várias vezes, causando pequenos cortes na camisa do outro homem.

O reptiliano estava ficando frustrado.

Raiden observou Harper recuar algumas vezes, permitindo que o oponente atacasse primeiro. Ele se perguntou o que ela estava fazendo. Então a consciência o atingiu e a respiração de Raiden ficou presa. Ela estava testando seu oponente. Encontrando suas fraquezas.

Os demais recrutas estavam no canto da arena, torcendo e gritando. Todos esperavam que Harper caísse nos primeiros minutos.

Ela se agachou, dando um golpe com o pé que derrubou o reptiliano como uma torre de pedras. O gigante se apressou em se levantar e Harper deixou outro corte na camisa do homem.

Ela se afastou, pulando na ponta dos pés, pronta e esperando. A mulher tinha um estilo único e eficaz.

Raiden observou novamente enquanto ela se movia por baixo da espada do reptiliano, deixando a manga da camisa do homem em frangalhos. Se o objetivo fosse matar, o reptiliano estaria morto há muito tempo.

No entanto, ela chegou muito perto. Essa era a única coisa que preocupava Raiden. Se as coisas não se desdobrassem como ela esperava, estaria perto o suficiente para que seu oponente pudesse agarrá-la e causar danos. Na arena, a maioria dos gladiadores usava suas armas e ficava fora do alcance de oponentes.

De repente, Harper saltou, tornando a rendição fácil. Ela caiu nas costas do reptiliano, girou e fez o macho cair na areia.

Quando ele caiu, ela o prendeu, erguendo as duas espadas, cruzando-as e pressionando com força sob a garganta escamada do oponente.

Todos os recrutas aplaudiram. Saff lançou um sorriso largo para Raiden.

— Gosto da sua pequena lutadora, Raiden.

Na areia, o reptiliano franziu a testa, mas quando Harper se levantou e estendeu a mão para ajudá-lo, ele lhe deu um sorrisinho confuso.

Galen assentiu.

— Acho que já sabemos quais recrutas manteremos e quais precisam ir. — Ele ficou de pé. — Vou fazer arranjos. E vocês dois podem ir até lá e testá-los mais um pouco.

Raiden assentiu, depois saltou sobre o parapeito. Suas botas atingiram a areia e ele caminhou em direção aos recrutas. Ouviu Saff seguindo-o, sentiu sua essência afiada e sombria.

Mantendo o olhar fixo em Harper, ele se moveu até parar bem em frente a ela.

— Muito bem.

— Obrigada.

— Vamos ver como você se sai contra mim.

Ela arregalou os olhos. Raiden tirou um segundo para se xingar mentalmente. Não tinha planejado lutar com ela. Sentiu Saff observá-lo com interesse, mas se recusou a olhar para ela. A alienígena sabia que ele nunca desafiava recrutas para uma luta.

Harper assentiu.

— Está bem, gladiador.

Mais uma vez, não sentiu qualquer medo vindo dela. Essa mulher havia sido sequestrada, arrancada de seu planeta, tirada do seu lado da galáxia e envolvida em circunstâncias terríveis. É claro que isso fazia Raiden respeitá-la.

Sacou sua espada curta. As inscrições brilhavam à luz do sol e, um segundo depois, inscrições semelhantes brilhavam nas espadas de Harper. Ela piscou quando as viu.

Sim, ela escolheu espadas curtas aurelianas, assim como as dele. Raiden a circundou. Não podia gostar de Harper. Não podia se dar ao luxo de gostar de ninguém. A vida havia lhe ensinado que todo mundo de quem gostava acabaria se afastando da sua vida. Todo mundo com quem ele se importou já havia morrido.

Dezoito anos na arena o haviam ensinado a cuidar apenas do seu propósito.

— Comecem — Saff falou.

O plano de Raiden era imobilizar Harper logo. Mas quando ele se aproximou, ela se moveu rapidamente para fora de seu alcance. Suas espadas colidiram algumas vezes, e ele a viu lutar sob a força de seus golpes. Então ela se aproximou e raspou a espada contra a luva em seu antebraço. Mas se afastou de novo, girando para longe antes que ele pudesse fazer contato com sua arma.

Enquanto lutavam, as armas se tocavam. Ela estava se

esforçando muito na luta, e ele notou com interesse que ela era mais forte do que parecia.

A princípio, seus espectadores os aplaudiram, com torcidas e gritos, mas, à medida que a batalha aumentava de intensidade, o som diminuía lentamente.

Raiden sabia que ele tinha que ser paciente. Em breve, ela chegaria muito perto e ele poderia derrubá-la.

Enquanto os minutos passavam, ficou surpreso ao descobrir que estava respirando com mais força. Caramba, ela era boa. Também tinha que admitir que estava um pouco distraído pelo toque do seu corpo forte contra o dele. Era algo que ele não estava acostumado a perceber em uma luta. Ela podia ser forte e tonificada, mas também era macia e cheirava a mulher.

Finalmente, ela fez o que ele estava esperando. Com outro salto selvagem como havia feito com o reptiliano, ela caiu nas suas costas e as pernas apertaram a lateral do seu corpo por trás.

Raiden deixou a espada cair. Estendeu a mão, afastando as espadas dela enquanto sentia o toque de uma lâmina em seu bíceps. Ele a puxou por cima da cabeça.

Ela não gritou, mas ele ouviu um suspiro assustado.

Puxou-a para perto do seu peito, pronto para derrubá-la e pedir a vitória.

Mas quando seu olhar azul encontrou o dele, ela ergueu as pernas, apoiou os pés no peito dele e se afastou.

Raiden tropeçou para trás, perdendo o equilíbrio. Ele a soltou. Harper caiu de pé e depois chutou com um movimento circular feroz da perna. Quando ele recuou, ela saltou sobre ele, derrubando-o na areia.

Ela apertou os joelhos com força contra o seu pescoço, seu núcleo quente perto do rosto dele.

— Ganhei. — O rosto dela estava vermelho devido aos esforços.

— Ainda não acabou. — Raiden rolou. Eles se arrastaram pela areia, mas com essa proximidade, ele era o mais forte.

Eles terminaram com ela deitada de costas, o corpo de Raiden pressionado sobre o dela e os dois arfando.

De tão perto, ele podia ver um anel escuro circular seus olhos e o selvagem e turbulento azul acinzentado no meio.

— Saia de cima de mim — ela retrucou.

— Ninguém me diz o que fazer. — Ele a segurou com mais firmeza. — Se deixar um thraxiano se aproximar tanto na arena, nunca vencerá. Nunca será mais forte que os outros gladiadores, mas é rápida e mais forte do que parece. Use isso a seu favor.

Ele viu os olhos dela escurecerem e depois se levantou. Ele gostou de senti-la. Tinha que se lembrar de que não precisava de uma mulher pequena e estranha da Terra bagunçando sua vida.

Ele estendeu a mão.

Ela o estudou por um momento antes de colocar a mão na sua e deixá-lo puxá-la para cima.

Raiden apontou para o reptiliano, para o lutador de cabelos compridos e depois para Harper.

— Esta noite, vocês assistirão à melhor luta da Casa de Galen na arena. Assistam e aprendam, porque amanhã vocês lutarão. A Saff irá continuar seu treinamento hoje, antes de serem levados para fazer os exames médicos. E tenham cuidado... ela tem um lado ruim que vocês não vão querer irritar.

Saff lhe deu um olhar sombrio. Ela não gostava de ser lembrada do temperamento cruel que mantinha contido.

Raiden olhou para Harper.

— Esteja pronta.

# CAPÍTULO SETE

Harper balançou as espadas curtas. As armas pareciam ter sido feitas para ela. Tinham lâminas retas e brilhantes e tinham o peso perfeito. Eram feitas de um metal quente que Harper não reconheceu. Costumava treinar com espadas duplas em seu tempo livre, só como desafio.

Se lembrou de ter visto o brilho das inscrições nelas.

E correspondiam as inscrições na espada de Raiden.

Mas elas não brilharam novamente desde a luta de iniciação. Passou por algumas manobras básicas. Enquanto se aquecia, sentiu a pele e os músculos relaxarem e seu sangue começou a bombear com mais força. Caramba, era bom estar do lado de fora e se exercitar. E as espadas quase pareciam familiares.

— Você se move bem.

Harper olhou para a gladiadora de pele escura.

— Obrigada.

O sorriso da mulher se ampliou.

— Sou Saff.

— Harper.

— Nunca vi sua espécie antes. Você é muito pequena e delicada.

Harper torceu o nariz.

— De onde venho, sou considerada alta. Sou de um planeta chamado Terra.

Saff bateu no queixo.

— Terra. Nunca ouvi falar.

— Não estou surpresa. Mal começamos as viagens espaciais e nunca havíamos feito contato com espécies exóticas antes. Bem, antes de eu ser levada.

O olhar sombrio da gladiadora demonstrou compreensão.

— Ser sequestrada pelos thraxianos deve ter sido um choque.

— Pode-se dizer que sim. — Harper estudou as manoplas de couro com cicatrizes da mulher. — Há quanto tempo você está na arena?

— Dezessete anos.

O coração de Harper quase parou.

— Dezessete anos. Você está presa aqui esse tempo todo?

— Bem, eu não diria presa. Esta é a minha casa.

Harper disse a si mesma para não falar mais nada, mas as palavras escaparam da sua boca.

— E o Raiden?

— Ele está aqui um ano a mais do que eu. — Saff colocou as mãos nos quadris. — Ele tem sangue real. É um príncipe.

— Um príncipe? — Harper piscou. — Como ele acabou aqui?

— Só ele pode contar. Todo gladiador tem sua própria história. — Algo doloroso brilhou nos olhos da mulher, depois sumiu. — O príncipe Raiden Tiago é o maior gladiador que a Arena Kor Magna já viu. Seja no passado ou no presente. Ele também é um homem decente. Esses são difíceis de encontrar.

Harper sorriu.

— Isso também é verdade na Terra.

Saff piscou.

— Acho que isso é verdade para toda a galáxia, Harper.

— Então você e o Raiden...?

Saff bufou.

— Ah, não. Ele é como meu irmão. — Ela acenou com a mão. — Agora, volte ao seu treinamento.

Harper treinou por horas a fio, até que seus músculos estavam queimando devido ao esforço excessivo. Ela notou que Pax não apareceu mais e Ram também havia desaparecido. Sentiu a inquietação atingi-la.

Balançou o braço, tentando conseguir o escudo de controle mental que Saff havia lhe dado para ativar.

Nada aconteceu. Olhou para a pulseira grossa metálica que circulava seu pulso e antebraço. Foi informada de que a coisa se relacionava com seus pensamentos e que, com um movimento e um pensamento, o escudo se estenderia.

Mas não conseguia fazer a porcaria funcionar.

Deus, estava cansada. Durante todo o dia ela treinou duro, lutando com todas as armas desconhecidas, tentando se acostumar com elas.

Esticou o braço novamente, concentrando seus

pensamentos naquela pulseira metálica. *Ative.* Tinha que admitir que saber que havia armas que poderiam se conectar com seus pensamentos a assustavam um pouco.

Nada aconteceu. Rangendo os dentes, ela chutou a areia.

— O *tarion* requer um toque mais refinado — uma voz profunda disse atrás dela.

*Ótimo.* Harper tentou não endurecer. Era exatamente o que ela precisava. Raiden estava assistindo ao seu fracasso.

Ela olhou por cima do ombro.

— É? Você não me parece o tipo de cara que tem um toque mais refinado.

Ele arqueou uma sobrancelha.

— Faço o que for preciso na arena para vencer.

Isso não a surpreendia.

Ele se moveu por trás dela, e no segundo seguinte, seus braços musculosos a envolveram. Seu pulso acelerou e ela respirou fundo, inspirando o cheiro da transpiração e do homem. Ele se aproximou, pressionando o peito contra as suas costas.

Ninguém a segurava tão desse jeito há séculos. Ela ficou trancada sozinha em uma cela por tanto tempo que havia se esquecido como era estar perto de alguém. Ela ofegou. E antes da sua abdução, após a morte de Brianna, não deixou que muitas pessoas se aproximassem tanto assim.

Os dois ficaram ali por um segundo e em seguida, as mãos dele deslizaram pelos seus braços.

— Você não pode forçar o *tarion*. — Ele virou seu braço, tocando a faixa de metal. — Precisa fluir com ele.

Quanto mais você continuar tentando, é menos provável que funcione.

Harper se concentrou. Ela poderia fazer isso.

— Precisa relaxar. — A respiração dele atingiu sua bochecha.

Seus pensamentos se dispersaram. Relaxar? Ele era tão grande e intimidador que não havia como relaxar.

— Lembre-se que a força não vai funcionar aqui. Relaxe seus músculos.

Ela soltou um longo suspiro. Tentar relaxar com um alienígena de dois metros de altura contra si não era particularmente fácil. Especialmente quando aquele homem cheirava tão bem quanto Raiden. Seu olhar percorreu as tatuagens dele. Ela nunca se sentiu atraída por tatuagens antes, mas as de Raiden eram muito interessantes e reforçavam sua imagem de durão. Por que o homem tinha que ser tão sexy?

— Tente novamente — ele ordenou.

Ela moveu o braço mais uma vez, balançando-o.

— É isso aí — ele disse. — Imagine o escudo se estendendo à sua frente.

A voz profunda fez a imagem aparecer em sua cabeça e, no segundo seguinte, o escudo foi ativado. Era um retângulo alongado de energia azul que se estendia da pulseira.

*Sim!*

— Consegui. — Ela inclinou a cabeça para trás com um sorriso.

Um leve sorriso tocou os lábios dele.

— Conseguiu mesmo. — Ele baixou os olhos que cintilavam para sua boca.

O tempo pareceu congelar. O ar entre eles ficou quente.

Então Raiden recuou alguns centímetros.

— Certo, agora tente ativar a arma do escudo. É elétrica. Vai disparar a corrente que irá atordoar seu inimigo.

*Certo. Arma. Está aqui para lutar, se lembra?*

Ela fez o que ele pediu. Um raio de energia foi disparado, atingindo sem danos a areia na sua frente.

Harper deu um soco no ar.

— Sim.

— Ainda faremos de você uma gladiadora, *terraqueana* — Raiden falou.

— Na verdade, dizemos terráqueos.

— Isso não parece muito digno.

Um sorriso apareceu em seus lábios.

— Sempre achei a mesma coisa.

— Como é a Terra?

— Tem muita água. — Uma pontada de saudade a atingiu. — Temos tudo, desde polos gelados a desertos e praias intocadas. — Se lembrou de não querer passar as férias na praia. — Eu daria qualquer coisa pela chance de mergulhar nas ondas.

Ele a olhou.

— Você gosta de nadar.

— Amo.

— Eu também. Meu planeta era repleto de lagos. Cresci nadando.

A dor estava enterrada profundamente, mas ela a ouviu.

— Obrigada pela ajuda com o *tarion*.

Ele assentiu.

— Faz parte do meu papel aqui na Casa de Galen.

O sorriso de Harper se desfez.

— Claro. — Ela examinou a arena novamente. — Raiden, dois dos meus companheiros de prisão, Pax e Ram, não estão mais no grupo. Pode me dizer onde estão?

O rosto dele se manteve inexpressivo.

— Eles não são da sua conta.

O peito dela se contraiu.

— Onde eles estão?

— Harper.

Ela segurou o braço dele, sentindo os músculos flexionarem sob a mão.

— O que você fez com eles?

Ele abaixou a voz, se aproximando dela.

— Para o bem deles, não pergunte.

O que isso significava?

— Muito bem, pessoal. — A voz profunda de Galen ecoou pela arena de treinamento. — Hora de tomar banho e fazer massagem, bem como realizar os exames médicos do recrutamento. Hoje à noite, o melhor da Casa de Galen irá lutar na arena. Novos recrutas, vocês irão assistir e tomar notas.

Raiden acenou para Harper, depois se virou e se afastou. Ela o viu seguir para onde estava Saff, Thorin e um pequeno grupo de gladiadores. Juntos, eles seguiram para dentro.

Harper e os demais recrutas o seguiram. Eles foram para uma grande sala onde bancos estreitos ladeavam a parede oposta.

Várias pessoas se moviam pelos bancos, arrumando

pequenas embalagens de óleo. Todos eram mais altos que Harper, mas mais baixos que os gladiadores. Eram todos muito esbeltos, usavam túnicas simples da cor da areia da arena e pareciam iguais. Suas cabeças eram arredondadas, não tinham cabelos e possuíam grandes olhos verdes. Harper não sabia dizer se eram homens ou mulheres.

— Eles fazem parte da equipe médica — Saff explicou atrás de Harper. — São curandeiros de Hermia e têm a capacidade de manipular energia biológica. Seus dedos são mágicos e podem sentir onde seus músculos mais precisam de massagem.

— Quais são homens e quais são mulheres?

Saff sorriu.

— Eles não são nem um, nem outro. Essa espécie não tem gênero.

— Não tem gênero? — Harper tentou absorver a declaração. — Como eles...?

— Procriam? Bem, eles são capazes de se fecundar quando precisam de um descendente.

Harper observou os gladiadores se moverem para uma sala ao lado. Saía vapor de lá. Ela entrou e observou, um pouco chocada, quando Thorin tirou a calça de couro. Ele ficou lá por um segundo, completamente nu, antes de ir para debaixo de um dos chuveiros que revestiam a parede. O piso era de um azulejo lindo cor de creme e, na parede, azulejos vermelhos e cinza formavam o logotipo de gladiador com capacete da Casa Galen.

Outros corpos nus foram para debaixo dos chuveiros. Ao seu lado, Saff começou a se despir. Harper desviou o olhar direto para Raiden. Ele estendeu a mão e soltou as tiras sobre o peito. Sua armadura e a capa vermelha caíram no chão.

As mãos se moveram para abrir a calça.

*Desvie o olhar, Harper.* Mas ela não desviou. Seu olhar estava colado no gladiador. Ele estava de lado e enquanto empurrava a calça para baixo, exibia um flanco masculino glorioso e duro.

Céu tenha piedade. O homem era puro músculo, sem um centímetro de gordura. Suas tatuagens desciam pelas costas musculosas e para uma perna. E o bumbum... o homem tinha a bunda perfeita.

Tudo bem, talvez ela estivesse com a boca cheia d'água. Ele foi para debaixo do chuveiro e ergueu o rosto para a água. Ela viu a cascata cair sobre o corpo dele.

Harper ouviu o som de um pigarrear e olhou para cima. Saff a estava olhando com uma expressão divertida.

— Parece que você precisa de um banho frio, Harper. — Saff terminou de se despir, ficando nua e completamente despreocupada.

Harper estava feliz por todo mundo já estar nos chuveiros. Tirou a roupa e foi para debaixo d'água. Deus, que coisa boa. Não tomava um banho decente há muito tempo. Também ansiava por uma piscina. Mataria para exercitar seus músculos em uma. Mas imaginou que os planetas do deserto não tivessem isso.

Usou o sabonete que foi oferecido e depois que todos saíram e se acomodaram nos bancos da sala ao lado, ela os seguiu.

Quando o curandeiro hermiano começou a massagear suas costas, Harper engoliu um gemido. Saff tinha razão, os curandeiros tinham dedos mágicos.

— Senhora, meu colega irá passar um scanner sobre você como parte do seu exame médico. — O curandeiro tinha uma voz suave.

Tentou não ficar tensa.

— Tudo bem.

Ela ouviu alguns bips fracos.

— Você está com a saúde excelente. Precisamos vaciná-la contra algumas doenças comuns. Só vai doer um pouco.

Harper sentiu uma leve picada no topo da nádega esquerda. Ela levantou a cabeça.

— O que é isso?

— Um pequeno implante — o curandeiro, com olhos grandes pacientes, murmurou. — Te protege contra muitas doenças e impede a procriação.

Seu estômago se contraiu.

— Permanentemente?

— Não, até que seja removido.

Ela relaxou.

— Ah, ok.

— Por favor, permita-me continuar sua massagem.

Ela se acomodou e, mais uma vez, aqueles dedos firmes apertaram seus músculos doloridos, aliviando a dor.

Instantaneamente, a imagem de Raiden nu surgiu em seu cérebro. Apertou a bochecha contra o banco acolchoado, se forçando a recuperar o controle.

Sentir atração por um gladiador alfa enorme era algo que ela não precisava. Não fazia ideia do que faria, mas não ia ficar. Não precisava de um homem mandão atrapalhando seus planos.

Ainda assim – ela pensou nos músculos firmes e tatuados – isso não significava que não podia apreciar a aparência dele.

Nem que ela admitira que estava bem animada para vê-lo lutar hoje à noite.

---

A ESPADA de Raiden cortou o ar. Enquanto movia o corpo durante o aquecimento, a multidão já o estava aplaudindo.

Era uma luta menor e particular, e ele sabia que os patrocinadores estavam em seus camarotes pretensiosos, assistindo. Mas ele mal olhava para eles. Eles sempre o convidavam para tomar drinques e outras... delícias após a luta, mas sempre recusava. Preferia uma cerveja com seus amigos em seu alojamento.

— Lutar esta noite com a Casa de Zhan-Shi deve ser fácil.

Ele se virou para olhar para Thorin, que também estava fazendo seus exercícios de aquecimento. Do outro lado da arena, os gladiadores de capacete da Casa de Zhan-Shi estavam fazendo o mesmo.

Zhan-Shi era uma casa pequena e nova, que ainda estava construindo sua reputação. Mas nunca devia se subestimar alguém na arena.

Pelo menos, escolheram bons lutadores. Raiden apertou os lábios. Eles tinham honra, ao contrário dos thraxianos, que gostavam de jogar lutadores mais fracos no ringue. Ver lutadores sendo agredidos agradava as multidões sedentas por sangue. Poucos morriam na arena, mas muitas pessoas ficavam gravemente feridas. Os thra-xianos acreditavam que quanto mais sangue e ferimentos, mais a multidão pagava.

A mandíbula de Raiden tensionou. Ele não deixaria isso acontecer. Olhou em direção aos assentos da Casa de Galen, que ficavam próximos ao chão da arena, e não teve problemas para localizar Harper. Ela estava de pé, segurando a grade enquanto observava os preparativos da luta.

— Você não consegue tirar os olhos da nossa mais nova lutadora.

Raiden balançou a espada novamente, ignorando Thorin.

— Ela é intrigante — o amigo continuou. — Repleta de contradições. Pequena e flexível. Parece delicada, mas é uma lutadora forte e habilidosa.

Raiden continuou sem responder. Sabia, por experiência própria, que se desse a Thorin o menor espaço possível, ele se aprofundaria e extrairia todos os seus segredos. Em vez disso, Raiden verificou as tiras que cruzavam seu peito, tocou o medalhão ali e depois verificou a luva que cobria o braço que segurava a espada.

— Pode admitir gostar dela...

— O nome dela é Harper, e eu não *gosto* de mulheres. — Raiden girou e olhou para o amigo. — Eu trepo com elas. Fim da história.

Thorin levantou uma sobrancelha.

— Vai transar com ela então?

— Não. — Harper significava distração. Raiden nunca transava com gladiadoras da sua própria casa. Ele não se apegava. Nunca.

— Então você não vai se importar se eu provar a mulher bonita da Terra.

Raiden deu um soco forte na mandíbula de Thorin.

O grandalhão recuou um passo e praguejou. Em seguida, esfregou o queixo.

— Acho que você se importa. — Ele virou a cabeça e cuspiu um pouco de sangue. Quando olhou de volta, sorriu para Raiden.

*Drak*. Caiu na armadilha de Thorin.

— Vá comer areia, Thorin.

Thorin jogou o machado por cima do ombro.

— Só estou aqui para fazer você desenterrar a cabeça da areia.

— Deixe isso pra lá.

Thorin abriu a boca, provando que era um idiota, mas Saff e Kace apareceram.

— Vocês deveriam lutar contra os gladiadores rivais, não entre si — Kace falou, irônico.

— Para nossa sorte, o queixo de Thorin é feito de pedra — Saff comentou com um sorriso.

— Ele tem é uma boca grande — Raiden retrucou.

— Tenho outra coisa grande. — Thorin sorriu. — E o Raiden aqui, tem um tesão enorme na nossa nova gladiadora.

Raiden deu um olhar ameaçador para o amigo.

— Boca. Grande.

Kace levantou a mão. Ele estava segurando capacetes cobertos com pelo vermelho.

— Os patrocinadores solicitaram capacetes no último minuto. Como sempre, temos que agradar aqueles que nos dão dinheiro. Galen disse para fazer parecer que gostamos.

Raiden fez uma careta. Odiava capacetes. Atrapalhavam sua visão e adicionavam peso. Ele pegou e o colocou, ajustando-o à sua visão prejudicada.

— Sempre fazemos.

Ele viu Lore e Nero caminhando na sua direção. Com seus capacetes, peles de combate e peitos nus, pareciam imponentes. Lore parou e acenou para a multidão. Em seguida, levantou a palma da mão e soprou o que parecia poeira. O pó voou no ar, espiralando e girando, até exibir a forma das bestas voadoras do Sistema de Dragon. Os espectadores gritaram de prazer.

Thorin colocou o capacete e suas provocações terminaram. Através da abertura, Raiden podia ver que os olhos do amigo estavam focados. Raiden olhou para Saff e Kace.

— Prontos para lutar? — Raiden perguntou.

— Pela liberdade e honra — Saff declarou.

— Pela liberdade e honra — Thorin, Kace, Lore e Nero repetiram juntos.

Thorin balançou o machado e os seis se moveram alinhados em direção aos gladiadores adversários.

Raiden sentiu seu sangue esquentar enquanto afastava os pensamentos, pronto para a luta. A multidão aplaudiu, e ele sabia que muitos eram locais, mas outros vieram especialmente para as lutas de todas as partes da galáxia. Atraídos pela emoção de ver um homem enfrentar o outro, pela chance de ver sangue jorrar na areia.

Depois, ficavam para desfrutar de todas as tentações e vícios que o distrito de Kor Magna lhes oferecia.

Um momento depois, a sirene da luta tocou. Era um som longo e triste que ecoava pela arena.

Enquanto os gladiadores de Zhan-Shi avançavam, Raiden virou a cabeça e avistou Harper. Ela estava olhando para ele.

Raiden respirou fundo e voltou sua atenção para os gladiadores que se aproximavam. Hora de se concentrar na luta. Mas a imagem dos olhos azuis acinzentados permaneceu na sua cabeça, inspirando-o a lutar mais.

— Pela Casa de Galen — ele gritou, avançando.

Ao seu lado, sua equipe se moveu com ele.

Espadas se chocaram. O distinto grito de guerra de Zhan-Shi ecoou ao redor deles. Logo, Raiden se perdeu na luta. Por muitos anos, esse foi o seu refúgio, sua fuga. Ali, não havia passado nem futuro. Não havia planeta perdido nem família morta. Não havia dor ou tristeza.

Havia apenas o aqui e agora, e uma luta pela sobrevivência.

Raiden girou e bateu a arma contra o escudo de um dos gladiadores de Zhan-Shi. Não reconheceu o cara e, embora tivesse certa habilidade, não foi suficiente. Um segundo depois, o gladiador perdeu o equilíbrio e caiu na areia. Raiden golpeou o braço do homem e o deixou sangrando.

Ele se virou e viu um gladiador vindo do lado de Thorin.

— Thorin — gritou para o parceiro.

O grande gladiador se virou, rugindo enquanto balançava o machado. Derrubou dois adversários.

Raiden lutou com outro gladiador, este um pouco mais habilidoso com a espada. Ele pulou, derrubando a arma do oponente que caiu na areia com um jato de sangue.

Ele se virou para o último gladiador de Zhan-Shi. O jovem estava praticamente tremendo, com o rosto aterrorizado.

*Drak.* Raiden balançou o cabo da espada e bateu contra a têmpora do jovem. Ele desabou silenciosamente.

O suor escorria de seu corpo e seu peito arfava. Raiden olhou através da arena. Os únicos gladiadores que ainda estavam de pé eram seus amigos. Vitória da Casa de Galen.

Ele atravessou a areia. Thorin surgiu ao seu lado, assim como os demais guerreiros da Casa de Galen. Enquanto davam a volta, os aplausos da multidão ficaram ainda mais altos.

Quando Raiden passou pelas cadeiras da Casa de Thrax, viu o rosto impassível dos cretinos que dirigiam a casa. Raiden levantou a espada para o imperador.

A adrenalina corria em suas veias. Ele sempre se sentia assim depois de vencer uma luta na arena. No ápice das sensações e da mistura de essências que o atingiam, vindas da multidão, Raiden arrancou o capacete.

Ele parou abaixo das cadeiras da Casa Galen.

— Bom trabalho, garotos. — Saff bateu os ombros contra os de Raiden e Thorin.

Ao lado dela, Kace assentiu. Lore estava sorrindo e Nero estava quase rindo. Thorin deu um tapa nas costas de Raiden.

Raiden olhou para cima e viu Harper observando-o.

Ela estava sorrindo. Sem pensar, caminhou em sua direção. Pulou, segurando a parte superior da grade, com o rosto nivelado ao dela.

— Boa luta, gladiador — ela falou. — Você pode querer saber que dois gladiadores adversários acabaram de se levantar. Estão vindo nessa direção. Isso significa que você ainda não terminou, certo?

Raiden nem se deu ao trabalho de olhar para trás.

— Não vai demorar muito para cuidar deles.

— Arrogante.

— Confiante. Me deseja sorte?

— Você não precisa.

Mas quando ela estendeu a mão, Raiden ficou imóvel. Ela tocou a ponta do polegar nos seus lábios, arrastando-o.

— Tinha um pouco de sangue ali. — Sua voz estava rouca. — Já saiu. — Seus olhos encontraram os dele. — Boa sorte.

Raiden mordiscou a ponta macia do polegar e viu algo brilhar em seus olhos.

— Você tem razão, não preciso, mas vou aceitar.

Ele se inclinou para frente e a beijou.

*Drak*. O sabor dela explodiu em seus lábios, inflamando seu sangue. O desejo era um golpe forte em seu estômago e seu beijo se tornou intenso, faminto. Ela retribuiu, explorando sua boca com carícias ansiosas da língua.

Seguindo o mínimo fio de autopreservação que percorria sua cabeça, ele se afastou. Eles se encararam. A multidão estava rugindo ao redor deles, mas Raiden não prestou atenção.

Em seguida, se virou e pulou de volta na arena.

Ergueu o punho para a multidão, que o aplaudiu. Olhou mais uma vez para Harper antes de voltar para seus gladiadores.

Com Thorin, Saff e os outros o acompanhando, ele atravessou a arena para cuidar do último gladiador de Zhan-Shi.

# CAPÍTULO OITO

— V amos analisá-los mais uma vez — Saff falou.
Harper assentiu, tentando acalmar seu nervosismo. Olhou para as imagens projetadas de todos os animais que poderiam enfrentar na arena esta noite.

O dia de treinamento foi mais leve para descansarem, e Harper passou a maior parte do dia olhando para cada uma das bestas com Saff, Thorin e Raiden. Sua cabeça estava doendo com todos os pontos fortes e fracos que haviam passado para ela. Raiden não desistia. Ele queria que ela se lembrasse de cada detalhezinho e estava agindo como um tirano cruel.

Nas últimas duas horas, estiveram nessa ampla sala de estar que pertencia aos gladiadores de alto nível. Era um espaço confortável com paredes de pedra exposta. Saff estava operando um pequeno computador, projetando imagens na parede.

Eles não tinham certeza de quem os thraxianos jogariam na arena, mas algumas das imagens eram realmente horríveis. Alguns não se pareciam com nada que ela já tivesse visto antes. Um surgiu na tela. Esse era parecido com os grandes felinos da Terra. O próximo que apareceu, com a pele verde e esburacada e com dois pés enormes, a fez pensar em um troll de alguma história de fantasia.

— Este tem dentes muito afiados — Saff avisou.

— E veneno — Thorin acrescentou com animação. — Não o deixe te morder ou babar em você.

*Certo.* Harper havia passado a manhã treinando com as redes. Saff havia lhe dito que eram boas para lutas com feras. Eram ótimas para prender e desacelerar a maioria dos animais. Mas aquelas porcarias eram complicadas. Elas saíam de um pequeno dispositivo em forma de ovo, mas era preciso ter uma mira impecável. No final do dia, ela havia melhorado, mas não achava que a rede seria sua arma escolhida.

Olhou para a porta que sabia que levava aos quartos dos gladiadores. Todos tinham seus próprios quartos, enquanto ela foi transferida para um dormitório com um grupo dos mais novos. Estava muito feliz por estar fora da cela.

Harper estava esperando Raiden voltar. Ele foi se preparar para a luta.

Imagens da luta da noite anterior invadiram sua cabeça. Seu corpo poderoso enquanto ele lutava com poder mortal e precisão. Ele era implacável na arena e ela não conseguia tirar os olhos dele.

E aquele beijo. Um raio de calor percorreu suas pernas e ela se remexeu na cadeira.

Raiden estava se tornando uma obsessão e Harper nunca foi obcecada por um homem.

— Certo, isso é um *raksha*. — Saff apontou para a próxima imagem. A criatura gigante parecia um gorila com pelo preto emaranhado. — Vá para a parte de trás do seu pescoço. Esse é o ponto fraco deles.

— O pescoço, certo.

— Isso é um *gallu*. Se ele se aproximar o suficiente para cuspir em você, vai te atacar com um veneno que irá te paralisar em cerca de vinte segundos. Vá para os joelhos deste.

— *Gallu*. Não me aproximar. — Harper tinha uma boa memória, mas nunca iria se lembrar de tudo isso. — Joelhos. Sabe, alguns desses se parecem com animais da Terra. É engraçado que tantas espécies sensíveis que já vi pareçam semelhantes. — Ela estendeu os braços. — Dois braços, duas pernas, cabeça, coração...

Thorin sorriu.

— Pau.

Saff deu um tapa na parte de trás da cabeça do grande gladiador.

— É por causa dos Criadores.

Harper piscou.

— Criadores?

Kace se inclinou para frente.

— Não conhece os Criadores?

— Eram de uma espécie antiga que criou a vida na galáxia — Saff explicou. — Eles viajaram pela galáxia, semeando vida em planetas habitáveis. Criando seres à sua própria semelhança.

Uau. Isso soava como muitos mitos e lendas da Terra.

— Onde estão agora?

Saff deu de ombros.

— Ninguém sabe. Eles não deixaram nada, exceto as espécies que criaram. Isso foi há milênios. As pessoas estão sempre vendendo artefatos dos Criadores, mas noventa e nove por cento são falsos.

Fascinante. Atrás de si, Harper ouviu uma porta se abrir. Olhou por cima do ombro e viu Raiden entrar, com a capa vermelha cintilando atrás dele. Havia aplicado algum tipo de óleo no peito, o que fez suas tatuagens brilharem à luz. No momento, ele parecia o príncipe que disseram que foi. Sua mandíbula austera estava firme, seus olhos verdes estavam sobre ela.

Maldito fosse o homem por ser tão bonito.

Ela estava vagamente consciente dos outros gladia-dores se afastando para terminar os preparativos para a batalha. Ela apertou as mãos na calça de couro nova e colete que usava. Saff havia trazido as roupas junto com belas luvas de couro. Pareciam duras, mas ela sabia que com o tempo eles se moldariam à sua forma.

— Pronta? — ele perguntou.

Ela respirou fundo.

— Tanto quanto possível.

Ele parou perto, emanando calor.

— Vai se sair bem, Harper. Vi sua vontade de aço e sua habilidade.

Ela não queria pensar na luta, ainda não.

— Raiden, quero saber o que aconteceu com Ram e Pax, os alienígenas com quem eu estava quando cheguei.

O rosto dele ficou inexpressivo.

— Concentre-se na luta.

Droga, seus instintos estavam gritando com ela. Raiden estava escondendo alguma coisa. Não queria acreditar que ele era malvado, mas ouviu sussurros entre os recrutas de que os lutadores mais fracos e inadequados haviam desaparecido da Casa Galen.

— Eles estão mortos? — ela perguntou de forma direta.

Ele se inclinou para perto.

— Você acha que sou um assassino?

Seu tom era um sussurro letal.

— Sim. Acho que você é capaz de matar, mas ainda não me decidi quanto a isso. — Ela queria acreditar que ele era bom, mas temia estar cega por seu status de astro da arena.

— Então me faça uma pergunta — ele sugeriu. — Não sobre seus amigos. Algo para te ajudar a descobrir mais sobre mim.

— Você era mesmo um príncipe?

Um músculo pulsou em sua mandíbula.

— Isso faz séculos.

Então agora ele era apenas um príncipe da arena.

— Você me disse que não poderia ir para casa, assim como eu.

— Verdade.

— Dói — ela murmurou. — Saber que nunca mais vou pisar na Terra de novo.

— Há alguém te esperando em casa? — A voz dele soou sombria.

Ela balançou a cabeça e pensou na irmã.

— Ninguém. Mas lar é lar.

Raiden estendeu a mão, colocando uma mecha de cabelo atrás da orelha dela.

— Lar é onde você o constrói, Harper. Meu lar foi completamente destruído.

Ela ofegou.

— Todo o seu planeta.

— Sim. — Uma palavra difícil.

— Sinto muito, Raiden.

Aquele músculo tensionou novamente.

— Construí um lar aqui para mim.

— Se arriscando na arena todas as noites.

— Encontrei um objetivo.

— Lutar por entretenimento não é um objetivo, Raiden.

— Lembre-se da primeira regra da arena.

Nada era o que parecia. Ela fez uma careta.

— O que...?

Thorin, Saff, Kace e outro gladiador chamado Lore apareceram. Todos estavam usando couro. Thorin tinha tiras simples com um círculo de metal sobre o peito. Seu machado estava nas costas, apoiado por cima do ombro. Kace usava uma requintada meia armadura por cima do ombro e braço direito. Lore usava capa preta e seus cabelos castanhos roçavam em seus ombros largos. Saff usava roupa de couro como a de Harper. Todos os gladiadores estavam levantando suas armas. Saff acenou para Harper.

— Hora de irmos — Raiden falou.

Juntos, todos saíram da sala de estar. Galen estava esperando por eles.

— Tenham um bom desempenho esta noite. Boa luta. — Seu olhar pousou em Harper. — Siga o que os outros disserem e lembre-se do seu treinamento. Esta noite, Raiden é seu parceiro de luta. Thorin lutará com Lore.

Ela assentiu.

— Fique perto de mim — Raiden ordenou.

Eles passaram por uma série de túneis que levavam à arena principal. Thorin estava tentando aliviar o humor com piadas, mas Harper estava nervosa demais para rir. Ela sentia como se tivesse uma pedra no peito.

Quando saíram para a luz do início da noite, sentiu o toque da brisa em sua pele. Em seguida o rugido da multidão a atingiu.

Dois passos à sua frente, Raiden estava ladeado por Thorin e Kace. Thorin estava balançando seu enorme machado enquanto Kace acenava. Raiden não fez nada, apenas ficou com os braços relaxados nas laterais do corpo. Ele não paparicava o público, que o amava mesmo assim, entoando seu nome.

Saff deu um tapinha no ombro de Harper.

— Boa luta.

— Para você também.

Harper agarrou os punhos das espadas em seus quadris, voltando sua atenção para a arena. Ela abriu a boca. Estava completamente transformada. Havia formações rochosas e até grandes árvores colocadas dentro dela. Era quase como se tivessem sido transportados para algum planeta florestal.

— A maioria é holográfico. — A voz de Raiden soou ao seu lado. — Podem transformar a arena em praticamente qualquer paisagem.

Ela tocou uma grande pedra, sentindo a superfície áspera sob a palma da mão.

— É incrível.

Ela viu os outros começarem a fazer exercícios de aquecimento. Harper tirou as espadas curtas das bainhas. Balançou as lâminas no ar e olhou em volta, observando a multidão aplaudir e então olhou para as cadeiras da Casa Galen. O imperador estava de pé, com os braços cruzados, observando-os. Ela se virou para olhar para o outro lado da arena e seu olhar caiu nos assentos ocupados da Casa Thrax.

Só de ver os alienígenas – sua pele áspera com aquelas veias brilhantes e os chifres – fazia seu estômago revirar. As lembranças a atingiram como um tiro, e ela sentiu um gosto de bile na garganta.

Harper respirou fundo, afastando a sensação de desamparo. Estava livre deles. Não estava mais presa naquela pequena cela vazia. Nos últimos dois dias, foi tratada como uma pessoa novamente, e não como um animal.

Encontrou facilmente o thraxiano que comandava. Ele parecia mais velho, com cicatrizes no rosto e no peito largo. Usava uma faixa laranja no peito.

Então percebeu que ele estava olhando para ela. Encarou-o por um instante antes de voltar para sua equipe. Nesse momento, a sirene da luta ecoou pela arena e a multidão foi à loucura.

Harper examinou as rochas e as árvores, procurando qualquer movimento.

Então ela viu o primeiro dos animais sair das árvores.

Achou que parecia uma pantera gigante. Tinha pelo preto e uma cabeça enorme, com dentes que saíam das mandíbulas fechadas. Ele se movia com uma graça letal, seu olhar fixo no grupo.

Thorin riu.

— Hora de brincar.

Raiden olhou para ela por um instante e assentiu. Em seguida se virou e avançou com Thorin.

Os dois trabalhavam em equipe. Eles mal precisavam se falar e era óbvio que lutavam juntos há muito tempo. Harper observou o felino saltar para frente, exibindo suas mandíbulas poderosas. Thorin acenou e gritou, chamando sua atenção enquanto Raiden vinha pela lateral.

Mas então Harper viu mais animais enormes correndo sobre as rochas em direção a eles, com suas mandíbulas ferozes e olhares famintos.

Saff se aproximou de Harper.

— Os thraxianos os mantêm famintos e atormentados. O imperador deles é um cretino.

Harper não respondeu porque no segundo seguinte, um *gallu* veio se movendo devagar por trás de algumas pedras. Rugiu, um som ensurdecedor que ecoou pela arena.

— Se lembre dos joelhos — Saff gritou e avançou.

Harper seguiu, balançando as espadas. Manteve os músculos relaxados e se juntou à luta. Ela atingiu os joelhos do *gallu*, e a criatura parecida com um troll caiu.

Pulou em seu peito, baixando as espadas para dar o golpe fatal. Quando o *gallu* caiu, Harper olhou para cima e viu outros animais vindo na direção deles.

Bloqueou os aplausos da multidão e os rugidos dos animais, se concentrando em sobreviver à luta.

Harper lutou com os outros gladiadores, derrubando várias criaturas. Raiden tinha um estilo frio e eficiente, que ela achou quase hipnotizante. Ela viu um *raksha* saltando sobre uma pilha de pedras. A criatura era bem graciosa, mas não havia dúvida da força bruta de seu corpo poderoso.

Ela o seguiu, subindo nas pedras. Assim que subiu, viu o felino olhar para baixo. Harper fez o mesmo... e viu Raiden lutando com uma criatura monstruosa lá embaixo. Ela ficou paralisada.

Os músculos do *raksha* se contraíram, se preparando para pular e emboscar.

— Ah, você não vai fazer isso. — Harper saltou das pedras ao mesmo tempo que a criatura.

Ela o atingiu no ar, enfiando as espadas entre as costelas. Soltou um grito primitivo e sangue quente espirrou em seu peito.

Em seguida, estavam caindo no chão em um emaranhado de membros e garras.

O *raksha* atingiu a terra primeiro, e Harper bateu em seu corpo, perdendo o ar. *Ai.* Atordoada, respirou fundo algumas vezes. Teria sido pior se tivesse atingido a areia.

Raiden apareceu de repente, puxando-a para ficar de pé.

— Obrigada.

— Eu é quem devo a você. Aquele *raksha* teria me derrubado. — Ele ergueu a espada e as inscrições brilharam em verde. — Ainda não terminamos. — Apontou a arma.

Vindo pelas pedras, uma criatura parecida com um cachorro com espinhos nas costas surgiu. Ela forçou o cérebro, em busca do nome. Um *yeth*. De repente, havia uma manada de *yeths*.

Juntos, ela e Raiden correram. Harper deslizou como um jogador de beisebol na direção da base e matou dois animais.

Ela virou a cabeça e viu Raiden golpear um deles antes de agarrar um segundo, saltando sobre o *yeth* com as mãos vazias. Com um giro rápido e poderoso, ele estalou o pescoço da criatura e largou o corpo.

Ainda havia mais cinco, e Harper e Raiden ficaram de costas, balançando as espadas ao mesmo tempo.

Harper estava coberta de sangue, mas não se sentia viva assim há muito tempo. Se virou e viu os demais gladiadores da Casa Galen do outro lado da arena, lutando contra um bando de *rakshas*.

Naquele momento, ouviu suspiros da multidão. Ela se virou, capturando os olhos do imperador thraxiano por um segundo. Ele estava sorrindo.

Ouviu Raiden xingar e se virou novamente.

*Ah, Deus*. Era como algo saído de um filme de monstros. A enorme criatura reptiliana estava sobre duas pernas. Tinha uma cauda longa revestida de armadura. Droga, seu corpo inteiro era revestido de armadura. Tinha uma mandíbula alongada, cheia de dentes de aparência perversa.

— Escória thraxiana. — Raiden balançou a cabeça. — Os *Gorgos* estão banidos da arena. Depois que provam sangue, entram em um frenesi de caça alimentado por isso. Ele irá matar a todos nós e, em seguida, se voltará para a multidão.

*Jesus*. Harper segurou firme as espadas.

— Ninguém vai parar a luta? As autoridades?

Raiden fez um som de escárnio.

— Não há autoridades, Harper. As casas fiscalizam as lutas e isso apenas contribuirá para um bom entretenimento extra. A Casa de Thrax receberá uma notificação inexpressiva e pagará uma multa simbólica.

Ela soltou um suspiro.

— Certo. Como o derrubamos?

Raiden balançou a cabeça.

— Vê a armadura dele? Cobre todos os seus pontos fracos. É bem difícil de derrubar.

Ela o estudou. Parecia um crocodilo assassino humanoide. Só que era gigantesco.

Ela e Raiden recuaram alguns passos, e a criatura avançou.

— Não devemos sobreviver a isso — Raiden falou em tom sombrio.

# CAPÍTULO NOVE

Raiden estava bravo.

Que os thraxianos se fodessem até as entranhas de um buraco negro. O imperador devia ter *molhado* muitas mãos para colocar o *gorgo* na arena.

— Ele respira fogo — avisou a Harper.

— Ah, claro — ela resmungou com ironia.

Olhou para ela. Havia preocupação em seu rosto, mas não medo. Ela estava totalmente focada na besta à frente deles.

— Temos uma criatura parecida na Terra. O único ponto fraco são os olhos.

Raiden assentiu, girando a espada.

— O mesmo para o *gorgo*. Mas seus olhos estão muito acima de nós. São difíceis de serem alcançados e eles os protegem.

— Então precisamos derrubá-lo — Harper falou. — Consegue enrolar a rede nas pernas dele?

Raiden considerou.

— Sim. Mas vou ter que me aproximar e correr o risco de pegar fogo.

Ela lhe deu um sorrisinho.

— Achei que você fosse um gladiador destemido. O campeão da arena.

— Sou campeão porque não chego perto o suficiente para ficar em chamas.

Ela assentiu.

— Bem, me deixe cuidar disso. Está vendo as pedras? — Ela apontou. — Vou subir lá e pular. Vou jogar outra rede em cima da cabeça dele. Enquanto ele estiver ocupado lidando com ela, você precisa se aproximar e jogar a rede nas pernas.

Raiden já a tinha visto pular e sabia que ela podia saltar mais alto do que qualquer pessoa. Ainda assim, não gostou da ideia de ela se jogar sobre o *gorgo*.

Mas o animal estava avançando e estavam ficando sem opções. Ele assentiu.

— Mantenha-o ocupado até eu chegar lá. — Ela partiu em uma corrida poderosa, com os braços potentes enquanto seguia em direção às rochas. Pulou nas pedras como uma gazela de Neezan.

Raiden se voltou para o *gorgo* que se aproximava. Fez um ruído baixo, ignorando completamente Harper, considerando Raiden a maior ameaça.

— Receio que isso seja um grande erro — Raiden murmurou. Pegou o lançador de rede, segurando o dispositivo na palma da mão.

Ele balançou a espada com a outra mão. O *gorgo* observou o movimento, tenso e cauteloso. A criatura ergueu uma garra gigante na direção de Raiden.

Saltando para trás, Raiden viu Harper alcançar o topo das pedras. Ela estava segurando seu dispositivo de rede, se preparando para pular.

*Vamos, minha pequena gladiadora.* Ele a viu saltar sobre o *gorgo*.

Seu corpo era incrivelmente gracioso, mas forte. Ela roubou seu fôlego. Voou diretamente sobre o *gorgo* e soltou a rede.

O dispositivo foi implantado alguns centímetros acima da cabeça do *gorgo*. As fortes cordas de metal se enrolaram na cabeça da criatura. Ele rugiu, estendendo a mão para bater na rede, fazendo com que suas garras se prendessem ao fio.

Raiden correu para frente e jogou seu dispositivo de rede nos joelhos da fera.

Ele soltou outro rugido e começou a cair.

Sim. Sorrindo, Raiden olhou para cima. Seu estômago se apertou. Harper estava se movendo para se apoiar contra as pedras, tentando se levantar.

*Drak.* Ela não ia conseguir. Enquanto a observava, ela perdeu o controle e caiu para trás.

*Não.* Raiden correu em sua direção. Ficou embaixo dela e ergueu os braços. Os dois caíram juntos e bateram na terra, derrapando alguns metros.

— Tudo bem?

Ela assentiu.

— Obrigada.

Mas outro rugido ecoou repentinamente ao redor deles, seguido pelos suspiros da multidão. Raiden e Harper se levantaram.

O *gorgo* estava de joelhos, rugindo e lutando contra as

redes que o seguravam. Soprava uma longa corrente de fogo vermelho-dourado.

— Droga. — Harper olhou para Raiden e ergueu as espadas. — Vamos fazer isso.

— Mesmo de joelhos, ainda é alto demais para alcançarmos os olhos — ele falou.

— Me coloque nos seus ombros.

Ele a agarrou, envolveu um braço em sua cintura e o outro embaixo do seu traseiro delicioso e a ergueu. Ela moveu o corpo, apoiou as pernas em volta da cabeça dele e, por um segundo, a doce essência ameaçou atrapalhar sua concentração. Aquela sensação forte e brilhante tomou conta dele.

Ela balançou a espada.

— Vai!

Raiden se moveu, os aproximando da fera. Ele os viu chegar, mas ainda estava preso nas redes. Com um único golpe forte, Harper enfiou uma das espadas no olho redondo da criatura.

Ela moveu a segunda espada, enfiando a lâmina em um buraco na rede, apontando para o outro olho. O *gorgo* rugiu, jogando a cabeça para trás. Raiden se lançou para o lado para evitar o respingo de sangue verde venenoso.

Quando o sangue da fera jorrou na areia, ele puxou Harper para seus braços. Ficou de pé, segurando-a contra o peito enquanto observavam os tremores da morte do *gorgo*.

Um segundo depois, o animal tombou para a frente e caiu de cara na areia. Não se mexeu mais.

— Conseguimos. — Harper olhou para cima com um sorriso largo no rosto. Ao redor deles, a multidão foi à loucura. Os aplausos inundaram a arena, mais alto do que Raiden jamais tinha ouvido.

— Conseguimos. — E então ele cedeu ao desejo que o estava consumindo. Uma necessidade que parecia não parar de crescer. Se inclinou e pressionou a boca na sua.

Ela ficou quieta, mas em seguida seus lábios se abriram. Ele penetrou a língua, beijando-a profundamente. O sabor de Harper era melhor do que a mais rara ambrosia aureliana. Raiden aprofundou o beijo, faminto por ela.

— Agora o homem decide fazer um show para a multidão.

Raiden ignorou o comentário provocador de Thorin e continuou beijando Harper. Isso era para a multidão, ele disse a si mesmo. Só mais um show para os espectadores.

Mas, no fundo, sabia que era mentira.

---

RAIDEN ACEITOU OUTRA BEBIDA, mantendo o olhar preso a Harper, que estava do outro lado do camarote.

Após a grande vitória contra os animais, Galen os intimou a se dirigirem à área dos patrocinadores para socializarem e comemorarem. Raiden tomou um gole de cerveja. Era mais como exibi-los como gado premiado.

Todos ainda estavam cobertos de sangue, mas isso parecia deixar os figurões mais felizes. Os patrocinadores – de algum mundo financeiro da galáxia interna – gostaram de Harper. Um homem de terno elegante entregou outra cerveja a ela, que sorriu e tomou um gole.

Esse era o tipo de homem que ela preferia? Alguém com mãos macias e rosto suave?

Alguém se aninhou na lateral do corpo de Raiden. Ele olhou para a mulher por quem não conseguiu se excitar. Ela só vestia algumas tiras de tecido, o rosto estava muito maquiado e não era sutil com o fato de gostar de sexo intenso com gladiadores. Desde o momento em que entraram no salão, ela se aproximou dele.

Mas Raiden parecia não conseguir desviar o olhar de Harper.

Ela lutou muito bem na arena. Lutaram juntos como se fizessem isso há anos. Ele ficou impressionado com sua coragem e tenacidade.

Momentos depois, viu Harper passar pelas portas para a varanda com vista para a arena. Raiden finalmente se livrou da mulher, empurrando-a na direção de Thorin e seguiu Harper.

Ela estava encostada no parapeito, olhando a arena embaixo deles. Havia uma nova luta entre duas casas diferentes. A Casa de Thrax tinha mais alguns recrutas na arena agora. Mesmo a essa distância, ele podia dizer que estavam todos petrificados e eram terrivelmente inaptos.

Quando ele se aproximou, uma nave espacial rugiu no céu. Harper inclinou o pescoço, seguindo a nave ao sair da atmosfera de Carthago.

— Você lutou bem esta noite — ele falou.

Ela o olhou.

— Obrigada.

— Agora você é oficialmente uma gladiadora da Casa de Galen.

Ele viu algo brilhar nos olhos dela.

— Acho que sou. — Então ela levantou uma sobrance-lha. — Achei que você estava ocupado. — Ela olhou de volta para a porta, com o rosto tenso. — Sua... companhia parecia relutante em te deixar.

— Sempre há uma mulher disposta a passar a noite com um gladiador. — Ele se inclinou contra a grade ao lado dela.

Harper soltou um grunhido.

— Então, o que você está fazendo aqui?

— A mulher que eu quero está aqui fora.

Harper paralisou e não olhou para ele.

— Você é mais corajosa do que isso — ele falou em voz baixa, prendendo-a contra a grade. — Não pode simplesmente ignorar o que há entre nós.

Ela estremeceu violentamente.

— Estou atraída por vo...

Ele riu.

— Isso está muito além da atração, Harper, e nós dois sabemos. — Ele saboreou a sensação de estar perto dela. Havia se esquecido de como era pequena, porque era uma lutadora habilidosa. Pressionou a boca na sua orelha, mordiscando-a. — Não gosto disso.

Ela o empurrou.

— Então fique longe.

Ele sabia que deveria ficar. Mas era hora de admitir que não podia e que, na verdade, não queria.

Iria tomá-la. Talvez quando a devorasse e saciasse sua necessidade furiosa, essa obsessão estranha finalmente desaparecesse.

— Não posso.

Ela gemeu e pressionou o corpo contra o dele.

— Você pode escolher suas mulheres. — Sua voz ficou rouca. — Não serei a garota da semana.

— Eu te quero. — Mais do que ele já quis uma mulher. Queria tê-la, possuí-la e marcá-la. — E acho que você tem nuances mais do que suficientes. Doçura. — Ele beijou sua pele. — Astúcia. Força. Excitação.

— Raiden... já faz muito tempo que estive com alguém.

— Confie em mim para cuidar de você, Harper. — Ele mordiscou a lateral do seu pescoço, provando a pele salgada.

Ela inclinou a cabeça para lhe dar melhor acesso, e ele deslizou a mão pela lateral do seu corpo, onde o couro moldava suas curvas tonificadas.

— As pessoas podem nos ver aqui.

— Cuidarei de você. — Não deixaria ninguém vê-la. Os lugares secretos de Harper e o seu prazer lhe pertenciam.

Ele abriu o botão da sua calça. Ela ainda cheirava a suor e a sangue, e isso só aumentou o desejo primordial que o invadia.

Deslizou a mão para dentro da calça, passando os dedos nos pelos úmidos na junção de suas coxas. Ele a ouviu respirar fundo. Harper se moveu em sua direção, se esfregando contra o corpo de Raiden.

Ele gemeu, sentindo um desejo furioso invadi-lo. Pressionou seu corpo ao dela, esfregando o volume duro do seu pau na bunda de Harper.

— As mulheres da Terra são diferentes? — ele perguntou, murmurando em seu ouvido.

— Não faço ideia. — Suas palavras terminaram em um suspiro e ela apertou as mãos no parapeito.

O dedo dele passou pela sua intimidade úmida. Mal podia esperar para despi-la e explorar cada centímetro seu.

— Já está molhada para mim, Harper. Te quero tanto. Quero afundar meu pau em você ou ver seus lábios ao redor dele.

Ela gemeu, olhando para a arena.

Então a sentiu endurecer. Ele franziu a testa.

— O que houve?

— Não pode ser... — Ela se inclinou sobre o parapeito, olhando atentamente para a luta.

Raiden ouviu a urgência em seu tom. Ele tirou a mão e a pressionou contra a sua barriga plana. Lutou para recuperar o controle do seu desejo intenso.

Olhou para baixo. Havia lutadores de todas as formas e tamanhos, claramente incertos sobre as armas que estavam empunhando. A maioria estava correndo pela arena na tentativa de escapar de qualquer confronto. Estendeu a mão e pegou um dos pequenos binóculos que havia em uma prateleira. Eram mantidos lá para os patrocinadores usarem.

— Aqui.

Harper lhe deu um olhar agradecido e pegou os binóculos. Levou-os aos olhos, girando até encontrar o que estava procurando.

Então ela respirou fundo.

— Não.

Raiden segurou seu ombro.

— O que houve? Me fale.

Ela abaixou o binóculo e ele pôde ver que seu rosto estava pálido.

— Está vendo a lutadora esguia do lado direito da arena? Com a pele clara. Ela é mulher.

Raiden olhou para baixo. Não precisava dos binóculos para ver a mulher pequena. A pobre coitada estava mexendo mãos e joelhos, tentando se afastar de um grande oponente empunhando um machado.

— Estou vendo.

Harper voltou os olhos azuis acinzentados aterrorizados para ele.

— É a Regan, minha amiga. Ela é da Terra. — Harper pressionou as mãos no peito de Raiden, cravando as unhas na pele dele. — Minha amiga está na arena.

# CAPÍTULO DEZ

H arper segurou a grade e tentou pular sobre ela.
Braços fortes a envolveram, puxando-a para trás.

— Você não pode ir lá embaixo.

Ela lutou contra seu aperto, olhando para Regan. Sua amiga estava assustada, tropeçando enquanto tentava fugir da espada que um grande alienígena balançava contra ela. Mesmo a essa distância, Harper percebeu que as roupas de Regan estavam imundas e que ela havia perdido peso.

Deu uma cotovelada em Raiden, mas foi como bater em pedra. Enquanto lutava contra a sua força, olhou para os assentos da Casa de Thrax. O imperador estava olhando para eles. Sorridente. O cretino sabia que Regan era da Terra e a estava provocando.

Ela colocou mais energia em sua luta.

Raiden a abraçou com força.

— Seja esperta — ele grunhiu em seu ouvido.

Desgastada, ela cedeu em seus braços.

— Como a recupero?

Ela sentiu o peito de Raiden subir quando ele respirou fundo.

— Existem maneiras de ajudá-la.

Harper se virou para encará-lo. Seu rosto estava a centímetros do peito tatuado dele.

— Quais?

Um músculo tensionou na mandíbula dele, que a olhou com intensidade.

Ele poderia ser um príncipe sem planeta, mas era um homem poderoso com conexões. Harper fechou os olhos. Ela sempre odiou pedir ajuda, mas Regan precisava dela.

— Você vai me ajudar? — perguntou em um sussurro.

Raiden levantou uma mão e a passou pelos cabelos curtos.

— Vou, sim.

Ela flexionou as mãos em seu peito. Contra sua vontade, a palma da mão deslizou sobre os músculos duros dele.

— O que isso vai me custar?

Seu rosto ficou sombrio e ele se afastou.

— Não preciso subornar uma mulher para levá-la para a minha cama. A mulher com quem me relaciono deve vir de bom grado e irá fazer tudo o que eu pedir.

Harper ergueu o queixo, odiando as imagens que surgiram na sua cabeça de Raiden e aquela mulher juntos.

— Raiden...

Ele balançou sua cabeça.

— Quando voltarmos à Casa de Galen, discutiremos sobre sua amiga.

Ela sentiu a impaciência tomá-la. Virou-se e viu Regan correndo pela arena, tentando escapar dos gladiadores que estavam atrás dela. Sua amiga precisava de ajuda agora, não mais tarde. Harper agarrou o corrimão com tanta força que achou que os dedos o esmagariam até virar pó.

— Ela pode não ter tanto tempo.

Ele apoiou uma mão em seu ombro.

— Venha. Vou falar com Galen. Talvez possamos sair dessa festa mais cedo.

Raiden fez o que prometeu. Logo, ela foi conduzida através de um túnel, espremida entre ele e Thorin. Galen estava andando na frente deles. Passaram pelas portas da Casa de Galen, e ela foi levada, com relutância, para tomar banho e se trocar.

Seu cabelo ainda estava molhado quando entrou na sala de estar dos gladiadores. Estava usando calças largas e uma túnica azul escura.

— Alguém precisa de uma bebida? — Thorin pegou uma garrafa de uma prateleira onde havia várias outras de diferentes formas e cores.

Kace e Saff já estavam lá, sentados à mesa comprida. Lore e o quase silencioso Nero estavam sentados nos sofás. Galen e Raiden estavam por perto, conversando baixinho.

Foi então que Harper viu uma parede cheia de fotos e imagens gravadas. Ela franziu o cenho para o papel de parede enrolado que havia escondido todas essas coisas quando ela esteve lá aprendendo sobre as bestas.

Ela se aproximou. Todas as folhas na parede tinham fotos de pessoas e informações escritas em algum idioma que ela não conseguia decifrar. Viu uma por uma. Imagens de vários lutadores na arena. A maioria parecia pequeno, magros demais e pouco habilidosos para lutar.

Ela se virou.

— Alguém vai me explicar isso?

Saff paralisou com um pedaço de pão na boca. Seu olhar se voltou para Kace. Thorin bufou e levantou os pés, apoiando-os no sofá. Os olhos verdes de Raiden a encararam.

— O que você gostaria de saber? — ele perguntou.

Ela olhou entre ele e Galen. O imperador foi até o bar e se serviu de uma bebida cor de âmbar.

— Aqui atrás, vocês não se parecem muito com escravos e mestre de escravos.

Thorin bufou novamente.

Mas Harper olhou para Raiden.

— Você não é escravo.

— Não.

— Galen não é seu mestre.

— Não.

Ele a avisou. Havia dito que nada era o que parecia na arena. Olhou para as imagens e viu Pax, o alienígena magro e com asas que havia sido vendido com ela. Continuou olhando e também encontrou a foto de Ram.

— O que é isso? — Apontou para a parede.

— Todos que foram vendidos para a arena que... não deveriam ter sido.

Thorin se endireitou.

— O que o nosso campeão não está dizendo é que

ajudamos a tirar os fracos, os doentes e os sequestrados da arena.

Galen tomou um gole da bebida, se encostando no bar.

— Desafiamos outras casas por eles.

— Galen os contrabandeia para fora da arena e do mundo — Saff acrescentou.

Harper não podia acreditar nisso. Pressionou os dedos contra a testa antes de se forçar a encontrar o olhar de Raiden.

— Vocês são os mocinhos.

Um sorriso surgiu nos lábios de Raiden.

— Dificilmente. Te juro que não somos bons.

— Vocês resgatam pessoas inocentes.

Ele lhe deu um aceno lento.

Ela olhou para Galen.

— Você não escraviza as pessoas.

Galen levantou sua bebida.

— Correto.

— Meus amigos? Ram e Pax?

— Em segurança, fora do mundo.

Harper baixou os braços e fechou os olhos por um segundo. Raiden disse que havia encontrado um objetivo aqui, mas ela não havia entendido.

— Eu disse algumas coisas desagradáveis...

— Foi bom — Raiden respondeu. — Queremos que todos do lado de fora desta sala acreditem que somos o que parecemos ser.

Thorin pegou um pedaço de fruta amarela de uma tigela. Ele deu uma grande mordida.

— Queremos que todos acreditem que somos grandes

e duros gladiadores em busca da glória. Fortes, mas não muito inteligentes.

Harper respirou fundo e olhou para Raiden.

— Você pode salvar a Regan.

— Podemos tentar.

Galen cruzou os pés sobre os tornozelos, segurando a bebida com uma mão.

— Temos uma intensa... rivalidade com a Casa de Thrax. Suspeito que o imperador deles esteja fazendo um jogo aqui.

— Dizem que ele está furioso por ter te vendido, sendo que você se tornou uma lutadora muito boa — Raiden explicou.

— Os thraxianos não gostam de ser feitos de tolos — Galen comentou.

— Ele sabe que vou querer a Regan — Harper falou, se sentando em uma cadeira. — Irá dificultar as coisas.

— E ele viu você e Raiden se apresentando na arena hoje à noite. Cada pessoa lá dentro viu a... conexão de vocês. Se há uma coisa que o imperador thraxiano odeia mais do que ser enganado, é o Raiden.

Harper ignorou a coisa da "conexão".

— Por que ele te odeia?

— Porque eu o odeio. Odeio todos os thraxianos. — Raiden se virou com a voz rouca. — Porque eles destruíram meu mundo.

O peito de Harper ficou apertado. Ela olhou para as linhas duras das suas costas. Os thraxianos haviam aniquilado seu mundo inteiro. *Deus.*

— Por muitos anos, sonhei em aniquilar a Casa de

Thrax. Em passar minha espada pelo comandante de coração negro que ordenou que meus pais fossem massacrados e minha irmã, violada.

— Em vez disso — Thorin completou —, Raiden torna a vida deles um inferno. Vence-os na arena, rouba seus gladiadores.

Um músculo tensionou na mandíbula de Raiden.

— Traremos sua amiga de volta, Harper. Prometo.

Ouviu a promessa sombria em sua voz e assentiu.

Mas Harper não sentiu alívio. Em vez disso, sentiu pavor. Porque percebeu que ela e Regan haviam acabado de desembarcar no meio de uma luta mortal que não entendia direito.

E não achava que Raiden ajudaria simplesmente para libertar uma mulher inocente. Não, ela estava preocupada que Raiden tivesse planos escusos.

---

RAIDEN ATRAVESSOU A ARENA DE TREINAMENTO. À frente, seus amigos e alguns dos novos recrutas estavam fazendo exercícios de treinamento. Seu olhar foi atraído para Harper e a maneira como a calça de couro se moldava ao corpo dela.

Ela estava treinando com um bastão longo hoje. Bateu nos sacos cheios de areia, deu um passo errado e se desequilibrou. Ela xingou baixinho.

Sabia que ela estava nervosa, esperando notícias da amiga. No momento, Galen estava discutindo futuros ataques a Casa de Thrax.

Raiden foi até ela.

— Foco.

Ela se virou, seu rosto estava brilhando de suor.

— Estou tentando.

Ele se inclinou para mais perto.

— Tente mais. Se entrar na arena sem foco completo, você se machuca. Ou acontece coisa pior.

— Não sou um robô. — Ela deixou o bastão cair e empurrou o peito dele. — Minha amiga está em perigo. Não posso simplesmente desligar minha preocupação.

Ele se inclinou até o nariz roçar no dela.

— Sentimentos não levam a nada.

— Mas eles te alcançam. Sempre agi assim, e sei que é melhor se desligar de tudo, mas esse é o caminho dos covardes.

Raiden inclinou a cabeça, sentindo as emoções agitaram seu estômago.

— Está me chamando de covarde?

— Sim.

Ele sentiu certa eletricidade atingi-lo.

— Eu te desafio por isso.

Ela o encarou com um olhar cauteloso.

— Me desafia?

Ele baixou os braços.

— Sem armas. Quem derrubar o outro ganha.

— Você não pode estar falando sério...

— As regras da arena dizem que você não pode recusar um desafio.

Os olhos dela brilharam.

— Tudo bem, gladiador. Você venceu.

Eles se separaram e começaram a andar em círculos.

Ela se moveu lentamente, com o olhar fixo nele, observando e esperando.

Ele veio correndo – um ataque frontal total. Ela se esquivou e ele não sentiu nada além de uma corrente de ar contra si. Ele girou.

Bem a tempo de ver o pé dela bater em sua barriga.

Com um *ofegar*, ele cambaleou para trás. Ela sorriu para ele, mantendo a vantagem.

Eles trocaram mais golpes e socos. Ela era rápida, nunca o deixando atingi-la com toda sua força. Ela se aproximou várias e várias vezes, dando pequenos golpes embaixo das suas costelas e na parte inferior das costas.

Cada vez que seu corpo roçava o dele, despertava seu foco. Ela o estava testando. Raiden a circulou mais uma vez e a observou imitar seus movimentos. Ela deu um golpe rápido com a mão e o pegou de lado. Quando ele se moveu para bloquear, ela se mexeu e bateu com o punho em seu estômago.

Porra, ela era rápida. Estava se segurando, mas estava na hora de acabar com isso. Ele a alcançou, mas ela o estava esperando. Colocou as mãos ao redor do seu pulso e largou o peso do corpo para trás.

A mudança o desequilibrou. Um pé pequeno bateu em seu joelho e o derrubou.

Raiden bateu na areia, sem fôlego por um segundo. Ele se virou e se levantou, e a viu sorrindo para ele.

Ele não fez barulho. Correu direto para ela, viu seus olhos se arregalarem, mas ela não teve tempo de fugir. Ele se abaixou e a pegou, jogando-a por cima do ombro.

— Ei, isso não estava nas regras. — Ela bateu um punho nas costas dele. — Me coloque no chão.

Quando ele saiu da arena de treinamento, viu os outros observando-os. Os novos recrutas estavam todos de olhos arregalados. Seus amigos estavam todos sorrindo. Raiden os ignorou, seguindo pelo túnel.

Harper estava se contorcendo, tentando se libertar. Ele não foi muito longe antes de baixá-la e prendê-la contra a parede. Em seguida, a beijou.

Ela lutou por mais um segundo, fazendo um som enfurecido. E então, pegou fogo.

Suas mãos deslizaram pelos cabelos dele, agarrando sua cabeça. Ela retribuiu o beijo. Suas línguas se entrelaçaram e Raiden gemeu contra sua boca, beijando-a mais profundamente.

— Mais. — Ela se afastou, mordiscando seus lábios.

Muito faminta. Ele fez o que ela pediu. Tomou mais, puxando seu gosto para dentro de si.

Quando eles finalmente se separaram, o rosto dela estava vermelho e Raiden sentiu seu coração bater rápido no peito. Eles se encararam.

— Vamos trazer sua amiga de volta — falou.

Os lábios de Harper tremeram antes que ela os firmasse. Aquele breve exibição de vulnerabilidade tocou algo dentro dele.

— Obrigada.

— Você não está mais sozinha. — Ele passou a mão pela sua mandíbula.

Algo brilhou em seus olhos e ela aconchegou a bochecha na sua mão.

— Eu sei.

Eles ouviram um pigarrear e viraram a cabeça.

Galen estava parado ao lado deles, parecendo se divertir.

— Vejo que o treinamento está indo bem.

Harper empurrou Raiden e deu um passo para trás.

— O que os thraxianos disseram? — ela questionou.

O rosto cheio de cicatrizes de Galen ficou sério.

— Disseram que a nova aquisição precisa de tempo para se recuperar de sua primeira luta.

Harper engoliu em seco.

— Eles a machucaram?

— Não. Ela estava aguentando bem. — Galen olhou para Raiden. — O imperador exigiu duas lutas especiais com a Casa de Galen. Se concordarmos, ele deixará a amiga de Harper entrar na arena para ser oferecida como prêmio.

— Duas lutas. — Raiden assentiu. Isso não parecia muito ruim.

— Uma será hoje à noite. A segunda, em alguns dias. — Galen cruzou os braços. — O imperador exigiu que Harper estivesse na luta final, ou todos os acordos seriam cancelados. Se perdermos a luta, ele ganha Harper como prêmio.

— Não. — Raiden balançou a cabeça.

Harper se virou.

— Raiden.

— Vi como ele te observava. Ele está planejando algo, e todos sabemos que os thraxianos não são confiáveis.

Harper segurou o braço de Raiden.

— Tenho que recuperar a Regan.

Seu rosto estava emburrado. Ele já a conhecia bem o

suficiente para saber que ela não recuaria. Que faria qualquer coisa para salvar a amiga.

Até arriscar a própria vida.

Ele admirava e odiava isso.

Finalmente, lhe deu um único aceno relutante. O que ele não disse era que, não importava o que fosse necessário, a manteria segura. O que quer que acontecesse, ele estaria ao seu lado.

# CAPÍTULO ONZE

Os sóis finalmente começaram a se por sobre Kor Magna. Harper engoliu um gemido dolorido. Tudo doía.

Se esforçou muito em seu treinamento hoje. Manteve o foco no resgate de Regan e fez seus exercícios repetidas vezes.

Seus braços pareciam chumbo, e ela tinha certeza de que até seu cabelo doía. Não conseguia parar de se preocupar com a amiga. Como ela estava?

Quando não estava pensando em Regan, pensamentos sobre o beijo de Raiden continuavam tentando aparecer.

Harper ergueu as espadas, determinada a fazer outro exercício e não pensar nele, em seu beijo ou nas mãos em seu corpo. Abaixou as espadas. Os braços queimavam demais.

— Garota da Terra, acho que chega por hoje.

Harper olhou para Saff. A gladiadora estava parada

perto dela, com os pés afastados na largura dos ombros e as mãos nos quadris.

— Não. Quero praticar um pouco mais...

— Não — Saff retrucou. — Não estou me sentindo muito culpada por te denunciar.

— O quê?

Saff sorriu.

— Gladiador irritado, superprotetor e possessivo chegando.

O quê? Harper se virou, no momento em que Raiden a atacou. Ele segurou seus braço, pegou as duas espadas e as jogou para Saff.

— Vamos. — Ele puxou Harper pela arena.

Ela tentou se libertar.

— Tenho que continuar treinando...

— Você está se esgotando. — Ele a puxou para dentro do túnel. — Não será boa para ninguém, se estiver exausta.

— Raiden

Ele parou de repente. Segurou seu pulso e tocou a faixa explosiva.

Um segundo depois, ele a soltou e a colocou na palma da mão.

— Você merece isso — ele falou. — Você é da Casa de Galen agora.

Ela abriu a boca e o olhou, sem entender completamente. Mas, pela primeira vez em sua vida, teve um sentimento de pertencimento que nunca havia experimentado antes.

Raiden segurou sua mão novamente e a puxou para a sala de estar. Lá dentro, ele foi direto para um armário e tirou algumas capas. Trocou a vermelha característica por uma preta fosca. Em seguida, colocou uma linda capa cinza ao redor dos seus ombros.

Depois disso, ele a puxou de volta para o túnel.

— Eu realmente apreciaria se você me dissesse o que está acontecendo — ela falou. — Seria muito melhor do que você me arrastar por aí como se eu fosse uma boneca.

Os olhos verdes se voltaram para ela.

— Não acho que você seja uma boneca.

Quando ele não disse mais nada, Harper revirou os olhos. Ela ficou em silêncio enquanto ele a levava a uma área que ela nunca esteve antes. Eles passaram por alguns guardas armados, que apenas acenaram para Raiden.

E chegaram do lado de fora.

Fora da arena.

Ela piscou, sentindo uma brisa quente a inundar. Viu as incríveis paredes talhadas da arena atrás de si e o labirinto de edifícios de pedra de dois andares à sua frente. A cidade de Kor Magna se estendia até onde ela podia ver. A maioria dos prédios de dois andares próximos pareciam antigos, todos feitos de pedra, mas em um ponto ou outro, podia ver a tecnologia de comunicação ligada aos telhados e luzes brilhando.

Mas não muito longe da arena, havia um trecho de arranha-céus modernos. Lá, ela viu luzes de neon piscando, outdoors gigantes iluminados e veículos passando por uma rua larga. Mesmo à distância, podia ver alienígenas de todas as formas e tamanhos, humanoides ou não, andando pelas ruas.

Harper pensou na Strip de Las Vegas, um lugar repleto de brilho e glamour.

— O Distrito — Raiden falou, puxando-a para frente.
— Ele atende aos espectadores que vêm assistir às lutas.

— E pega seu dinheiro suado.

Ele assentiu.

— Seja qual for o seu vício, hábito ou tentação, é possível encontrá-lo no distrito.

Havia algo em seu tom.

— Você não gosta.

Ele deu de ombros.

— Não vou lá com frequência. Prefiro menos pessoas.

Ele a puxou para longe das luzes brilhantes do Distrito e para o coração da cidade velha. Ainda havia muitas pessoas aqui, moradores, imaginou. Enquanto andavam pela rua pavimentada com pedras grandes, tentou absorver todas as coisas que via e os sons. Ele deu voltas e mais voltas, como se tivesse um destino específico em mente.

— O que estamos fazendo aqui fora? — ela perguntou.

— Você precisava sair da arena.

Seu coração se apertou. Ele estava fazendo isso por ela. Passaram por mais algumas ruas e becos, antes que Raiden a levasse ao que parecia ser um buraco gigante e circular no chão, nos fundos de um beco.

Quando se aproximaram, ela franziu a testa. Em seguida, viu uma grande rampa circular que descia para dentro do buraco.

Eles desceram.

— O que é isso?

— Carthago é repleta de redes subterrâneas de cavernas e crateras — ele respondeu. — Devido às altas temperaturas, muitas pessoas vivem no subsolo. — Um leve sorriso apareceu em seus lábios. — Aqui em Kor Magna, acho que os habitantes locais gostam de esconder o máximo possível da cidade no subsolo para impedir que os turistas a encontrem.

Seguiram pela rampa, passando por algumas pessoas que carregavam sacolas e cestas. Finalmente, entraram em um espaço cavernoso.

Quando seus olhos se ajustaram à escuridão, ela ofegou. Estava cheio de barracas e pessoas. O som ecoava nas paredes. A luz entrava pelo cratera e havia lâmpadas laranja grudadas nas paredes de pedra. Ela podia dizer que a caverna era principalmente natural, já que a rocha era do mesmo tom da que a arena foi construída.

— Bem-vinda aos mercados de Kor Magna — ele falou.

Quando ele a conduziu por uma fila de barracas, ela olhou em volta, maravilhada. Foi atingida pelas imagens e cheiros. Não ficou surpresa em ver que a maioria das bancas vendia coisas para serem usadas na arena. Uma estava coberta de manoplas e armaduras de couro. Outra, vendia armas e tinha uma excelente exibição de adagas muito bem trabalhadas. Muitas eram feitas de metais que Harper não conseguia identificar. Outra barraca vendia vários emplastros e unguentos que o vendedor dizia que poderiam relaxar qualquer músculo dolorido.

Mas muitos vendiam frutas e legumes de aparência estranha, carne e outros utensílios domésticos.

Notou algumas pessoas olhando-a com curiosidade. Havia uma variedade de todas as espécies aqui, mas ela era menor que... quase todo mundo. Deus, ela odiava se destacar.

Harper se viu vagando até uma barraca de armas. Passou o dedo pelo cabo de uma bela faca. Não era só uma arma, mas sim uma obra de arte. O cabo era esculpido em metal de bronze e incrustado com pedras azuis.

Ela olhou para cima e viu Raiden revirando os olhos.

— O quê? — ela questionou.

— Você. Você não se importa com joias ou enfeites para o pescoço ou as orelhas.

Ela deu de ombros. Não, nunca foi o tipo de mulher que se preocupava com roupas e joias sofisticadas.

Ele levantou seu queixo.

— Gosto disso. Vamos.

Eles continuaram, e ela logo sentiu o aroma maravilhoso das coisas que cozinhavam. Entraram mais fundo no mercado e ela viu muitas pessoas sentadas em banquinhos baixos, mastigando várias delícias gourmet. Os donos das barracas estavam por perto, assando carne sobre brasas ou panelas grandes borbulhando. Quando passaram por uma barraca, ela sentiu o cheiro de algo horrível.

Raiden sorriu.

— Carne de *agama*. É um lagarto encontrado no deserto aqui em Carthago. É uma iguaria... se você conseguir aguentar o cheiro.

Ele parou em uma barraca de comida que tinha vapor saindo de uma grande churrasqueira. Comprou dois espetos cheios de carne e ergueu um pequeno medalhão redondo.

— O que é isso? — Ela fez sinal com a cabeça para o medalhão.

— Um símbolo da Casa de Galen. Tudo o que compro é cobrado depois.

— É como um cartão de crédito.

— Não sei o que é isso. — Ele estendeu um espeto.

Ela pegou. Estava carregado com algum tipo de carne com cheiro delicioso. Ela costumava comer pão, legumes e carnes simples em casa. Evitava qualquer coisa com especiarias ou cheiros fortes.

— Coma — ele ordenou.

Já que estava com fome, ela comeu. Mordeu a carne e o aroma de especiarias estranhas irrompeu em seu paladar. Ela gemeu.

— O que é isso?

— A carne da serpente *Corra* que vive no deserto.

Ela fez uma pausa.

— Uma serpente. Ah, talvez seja melhor você não me contar. — Ela deu outra mordida. Enquanto lambia os dedos, olhou para cima e viu Raiden a encarando.

— O que foi?

— Você come do mesmo jeito que faz todo o resto. Com toda energia e entusiasmo.

Suas palavras e seu olhar fizeram seu coração bater forte.

— Vai comer o seu?

Ele assentiu e mordeu a carne.

Harper esperou enquanto ele terminava. Depois de jogar os espetos fora, ele pegou um pano e passou sobre seus lábios. Limpou sua boca e em seguida, foi o polegar calejado que tocou seus lábios.

Sua respiração falhou.

— Essa... atração não vai desaparecer, não é?

— Não — ele respondeu.

— Nenhum de nós quer ou precisa disso.

— Correto.

Ela resistiu à vontade de chutá-lo. Isso era verdade, mas ele não tinha que ser tão prático.

— Seria um grande problema para nós...

Ele emoldurou suas bochechas.

— No momento, não vamos nos preocupar com problemas. Você está aqui para se divertir.

Ele pegou sua mão de forma abrupta. Segurando-a com firmeza, ele a puxou de volta para o mercado lotado. Seguiram por alguns túneis laterais. Ela podia ver que nem todos eram naturais e alguns haviam sido esculpidos.

Aqui e ali, vendedores chamavam, vendendo seus produtos. Harper se sentiu relaxar. Sua captura, seu cativeiro, seu tempo na arena, a preocupação com Regan, tudo isso a fazia andar na tênue linha do estresse e da ansiedade.

Nesse momento, ela poderia relaxar por alguns minutos. Fingir que era só uma turista, e não se preocupar com nada.

Ele a puxou através de um arco de pedra. Havia mais barracas neste espaço, e ele parou em uma delas. Parecia vender arreios de couro e bainhas. Enquanto ele conversava com o dono da barraca, a quem parecia conhecer, ela andou por ali para olhar as tiras de couro. Pareciam idênticas as que Raiden usava na arena.

Ele se virou e foi para o seu lado. Estendeu um pequeno medalhão redondo.

Harper pegou, virando-o. Tinha um fecho na parte de trás. Ela o virou para a frente novamente, observando a superfície de metal forjado e a decoração talhada.

Era idêntico ao que ele usava no cinto.

— É para você — ele falou.

— Obrigada. — Deus, qual foi a última vez que alguém lhe deu um presente? — É lindo.

— É um design do meu planeta. Me faz lembrar de você, um design bonito, mas feito de aço sólido.

Ela mordeu o lábio e tocou a peça. Algo do planeta dele. O planeta que havia sido destruído.

— Como se chamava seu mundo?

Raiden levantou a cabeça, olhando para o mercado.

— Aurelia.

Um belo nome.

— Estávamos em guerra com um planeta vizinho. Uma disputa que durou gerações. Quando eu tinha dezesseis anos, aquele planeta contratou uma equipe de combatentes mercenários implacáveis e cruéis. Eles invadiram na escuridão e dizimaram meu planeta.

Ela ofegou.

— Mercenários.

Olhos verdes duros encontraram os dela.

— Os thraxianos. Eles mataram minha mãe e meu pai. Minha irmã mais nova foi estuprada diante dos meus olhos.

*Deus*. Harper não tinha palavras. Em vez disso, se inclinou na direção dele. Sabia que ele era um príncipe, por isso fazia sentido de que a família real tivesse sido alvo.

— Os mercenários plantaram bombas poderosas nas

linhas de falha do meu planeta. Depois de partirem, começaram uma reação em cadeia. Aurelia foi destruída.

Ela fechou os olhos.

— Como você escapou?

— Tentei revidar, mas havia muitos deles e eu era jovem. Fui ferido. Meu guarda-costas me tirou do planeta.

O entendimento floresceu.

— Galen.

Raiden deu um único aceno de cabeça.

— Ele é apenas alguns anos mais velho que eu. Foi criado para ser meu guarda-costas real desde o nascimento.

— Então seu mundo se foi. — Ela pressionou a mão nas costas dele, sentiu os músculos sob os dedos flexionarem. — O meu também. Está muito longe para que eu volte.

Eles se encararam. Como ela podia se sentir tão atraída por esse homem durão?

Sem outra palavra, Raiden pegou sua mão. Mais uma vez, eles seguiram pelo labirinto de túneis. Ela viu como as pessoas agiam quando o reconheciam. Viu reverência, excitação, ansiedade e medo. Ele era um deus maior que a vida para eles.

Mas Harper estava começando a ver que por baixo do gladiador duro havia apenas um homem.

Enquanto seguiam em frente, ela viu alguns túneis que levavam a áreas mais sombrias e de aparência mais sórdida. Vários homens estavam apoiados contra as paredes, fumando. Ela percebeu que havia coisas mais assustadoras escondidas aqui também.

Mas logo voltaram para uma área bem iluminada, com um piso de pedra lisa. Raiden parou na frente de uma porta de madeira cercada por metal.

Ele pegou uma chave e abriu a porta. Depois que a trancou atrás deles, eles desceram uma escada de pedra em espiral até entrarem em uma grande sala.

Harper ofegou. Uma grande piscina ocupava o espaço. Um piso de mosaico cobria o fundo da água que brilhava em azul, iluminada por luzes ocultas. Ao lado da piscina havia uma área de estar com almofadas grandes. Era cercada por vasos de plantas e uma bonita videira que cobria o muro de pedra.

— Você disse que gostava de nadar — ele falou.

— É lindo — ela respondeu.

Ele foi em direção à beira da piscina.

— Eu também gostava quando menino em Aurelia. Tinha muitos lagos lindos lá.

E ele devia ter sentido muita falta quando chegou aqui. Ela tocou a videira grossa e selvagem que crescia na parede. Estava coberta de pequenas flores delicadas que exalavam um perfume delicioso.

Ela respirou fundo.

— Esse perfume é bom. — Ela cheirou a flor.

— É chamado de *phena*. Alguns dizem que é um afrodisíaco.

Ah? Harper sentiu uma onda insidiosa de calor em sua barriga.

— Que lugar é esse?

— É propriedade da Casa de Galen.

Mas era dele. Ela sabia disso. Ela mordeu o lábio.

Talvez essa fosse sua pequena piscina particular de prazer.

— Você traz todos as suas admiradoras da arena aqui? — Harper sentiu o ácido queimar em seu estômago.

Ele a olhou, puxando-a para mais perto.

— Nunca trouxe ninguém aqui. Essas plantas... — Ele tocou as impressionantes folhas vermelhas escuras de uma árvore delgada, que estava em um vaso. — São plantas noturnas originárias de Aurelia. Passei anos rastreando as sementes.

Raiden a puxou para onde estavam as grandes almofadas. Ela se acomodou em uma da mesma cor da capa que ele usava na arena.

— Admiro seu espírito, Harper. — Ele ficou de pé, e sua capa emoldurou seu corpo poderoso. — E sua essência.

— Minha essência?

— Aurelianos podem sentir a personalidade de uma pessoa.

Uau.

— Isso é... incrível.

— Foi assim que te rastreei na noite em que você escapou. Sua essência é forte e brilhante. Sinto sua tristeza, mas você não se afoga nela. Você a deixou te inspirar.

— Assim como você.

Ele permaneceu calado.

— Você faz isso sim, Raiden — Ela colocou as pernas debaixo do corpo. — Você está ajudando os outros. Está prosperando na arena.

Ele desviou o olhar.

— Eu não tinha mais nada. Agora faço o que eu quiser.

— Conversa fiada.

Ele inclinou a cabeça.

— Meu tradutor não conhece essa palavra.

— É uma expressão que usamos na Terra. Digamos que eu não ache que você esteja me dizendo a verdade.

O rosto dele ficou tenso.

— Não ligo para os outros. Só me importo comigo mesmo.

— Conversa fiada — ela repetiu. — Galen, Thorin, Saff e os outros. Você tem muitas pessoas de quem gosta.

— Porque eles são úteis para mim. — Ele se virou, encarando a água.

Harper ficou de pé.

— Por que você finge que não se importa?

Raiden se virou rapidamente, segurando os braços dela.

— Porque dói demais quando se perde alguém. Mataram meus pais, minha irmã, toda a população do meu planeta. Pessoas que dependiam de mim e da minha família para protegê-los. — De forma tão súbita quanto a segurou, ele a soltou e se virou.

Ela tocou as costas dele.

— Sinto muito, Raiden. — Quanta dor. Ele carregava isso por todos esses anos? Como ele aguentava?

— Falhei com eles — ele comentou. — Ainda vejo o rosto de Naida quando a machucaram. Me implorando para ajudá-la.

— Também perdi minha irmã. — Aquela dor que ela realmente podia entender.

Ele olhou para ela.

— Sinto muito.

— Sei como é, Raiden.

Ele soltou um suspiro trêmulo.

— Você entrou na minha cabeça e só consigo pensar em você. Não gosto disso.

Suas palavras afiadas a fizeram dar um passo a trás.

— Bem. Então fique longe de mim.

Ele virou a cabeça para encará-la. Seu olhar estava em chamas.

— Não consigo.

Harper sentiu uma mistura louca de emoção.

— Vou nadar. — Ela olhou em volta. — Aqui tem trajes de banho?

— Não. Eu sempre venho sozinho.

Ela não deixaria que isso a impedisse. Harper deu as costas para ele e tirou a roupa. Podia sentir seu olhar nela e, caramba, ela gostou. Até demais.

Ela mergulhou com destreza.

Ah, Deus. Era tão bom. Bateu as pernas e encontrou seu ritmo, dando algumas voltas. Viu Raiden cortar a água, nadando ao seu lado.

Seu grande corpo poderoso estava nu.

Um calafrio a percorreu. Finalmente, ela parou de nadar e boiou. Viu os braços fortes de Raiden atravessarem a água antes que ele parasse perto dela.

— Obrigada por me trazer aqui — ela falou baixinho.

Ele ficou olhando para ela e a água limpa não fez nada para impedir que ela visse seu corpo nu. Ou o pau longo e grosso se elevando contra seu ventre.

Ele a abraçou e lhe deu um beijo punitivo nos lábios.

Sempre que ele a tocava, ela pegava fogo. Todo o seu controle evaporava como fumaça. Tudo o que ela queria era tocar cada centímetro, provar cada parte, conhecê-lo.

— Raiden

— Sim. — Uma palavra dura.

Eles estavam se tocando. Ela circulou seu pau pesado, acariciando-o. *Tome-o. Se perca nele. Mergulhe nas sensações, nem que seja só por um instante.*

Mas seria temporário e vazio. Ela afastou a boca dele.

— Me solte.

Ele fez um som assustador.

— Você quer isso. Você me quer.

Ela assentiu.

— Talvez, mas você não quer se arriscar. Nem eu.

— Conversa fiada — ele falou, com a pronúncia perfeita. Suas mãos seguraram os seios dela.

Ela agarrou seus pulsos.

— Preciso mais do que apenas luxúria, Raiden. Quero me perder em você, mas não posso fazer isso sabendo que eu seria apenas mais um corpo quente em sua cama. — Droga, ela estava tão confusa. Não queria se aproximar, mas o queria mais do que desejava respirar. Mas tentou mais uma vez. — Precisamos parar.

— Eu te entendo, Harper Adams. Quero você.

*Droga.* Harper ficou na ponta dos pés para beijá-lo. Ele a abraçou como se ela não pesasse nada. Saiu da piscina e no segundo seguinte, ele a deitou sobre as almofadas. Deus, ela queria as mãos dele em sua pele.

— Se não quer isso, Harper, deve me dizer. — Ele deu um beijo entre os seios dela, aproximando uma das mãos para segurar um deles. — Diga não e vou parar de te tocar. Nunca mais tocarei em você.

Eles se entreolharam, e uma parte do cérebro de Harper disse a ela para dizer essa palavrinha.

Harper abriu as pernas, permitindo que o corpo grande cobrisse o seu. Ela viu uma satisfação selvagem cruzar o rosto de Raiden.

Ele se inclinou e deu total atenção aos seus seios. Ela arqueou contra ele. A língua de Raiden se moveu sobre a sua pele e ele sugou o mamilo, deixando-a sentir a ponta dos dentes. Harper agarrou a cabeça dele.

— Sim.

Ele se moveu mais para baixo, arranhando a mandíbula na barriga dela. Desceu mais.

Em seguida, afastou suas pernas. Harper se viu nua contra os travesseiros macios, seu gladiador galáctico grande e durão em cima dela.

— Quis te provar desde o primeiro momento em que te vi — ele grunhiu.

A mão dele deslizou por sua coxa e depois mergulhou em sua intimidade. Harper fez um som, erguendo os quadris ao toque dele.

— Tão molhada para mim. Parece que as mulheres da Terra não são tão diferentes. — Ele a acariciou, deslizando um dedo grosso dentro dela.

Ela gemeu. Caramba, aquilo era só o dedo dele.

— Você é muito apertada. — A voz dele se aprofundou, tensionando. — Vamos ter que nos esforçar para me colocar dentro de você.

Sim. Ela queria que ele a esticasse. Raiden ergueu a

mão, com os dedos brilhando da sua umidade. Ele os levou a boca, sugando-os.

O estômago de Harper se contraiu. Tão obsceno e tão sexy.

A boca dele pairou sobre a sua e ela sentiu seu hálito quente.

— Raiden

Ele se moveu e ela sentiu o arranhão da barba por fazer em sua coxa.

— Vou te provar agora. — Então ele a lambeu.

Ela estremeceu. Caramba, aquela língua quente e áspera... quando a boca de Raiden se fechou sobre ela, Harper gritou. Suas mãos se entrelaçaram aos cabelos dele, empurrando-o para mais perto. A língua dele a acariciou profundamente. Era muito bom. Bom demais.

— Me diga o que você gosta — ele grunhiu contra a sua pele. — O que mais te agrada?

Ela o empurrou contra si, até que a língua de Raiden encontrasse seu clitóris. Ela se arqueou com um grito.

Raiden se recostou, com um olhar intenso e curioso no rosto. Ele acariciou o clitóris com o dedo.

— Bem, talvez você seja um pouco diferente. — Ele o circulou, observando a sua reação.

Harper sentiu o sangue bombear através de seu corpo, fazendo todas as suas células pulsarem. Ela se esforçou, precisando, querendo mais.

— O que é isso? — ele perguntou.

— Meu... — Nossa, ela não podia acreditar que estavam tendo essa conversa. — Meu clitóris. É...

Ele o circulou novamente e ela inclinou os quadris.

— O centro do seu prazer.

— Sim. Raiden, por favor.

Ele se inclinou sobre ela.

— Me fale. O que você quer, Harper?

— Me lamba. Me chupe.

Ele voltou ao clitóris, chupando-a.

Foi demais e não foi o suficiente. Quando alcançou o clímax, Harper colocou as pernas ao redor da cabeça dele e gritou seu nome.

## CAPÍTULO DOZE

Raiden nunca teve uma mulher que ganhasse vida com seu toque como Harper. Ela era muito receptiva, faminta, gananciosa.

Ela ainda estava fazendo sons roucos e pequenos arrepios percorriam seu corpo. Ele deu um beijo na parte interna da sua coxa, depois ficou de pé.

Ela o olhou com as pálpebras pesadas. Sua respiração rápida estava fazendo seus seios cheios se arrepiarem e Raiden a absorveu. Sentiu como se fosse explodir.

— Quero que você me toque — ele exigiu.

— Ah?

— Quero sua boca no meu pau. Agora.

Ela ficou de joelhos.

— Não gosto de homens mandões.

— Harper, chupe meu pau.

Ela se aproximou, pressionando as coxas dele com as mãos. Suas unhas curtas cravaram na pele dele.

— Você está muito acostumado a fazer o que quer.

Quase no limite, ele emitiu um rosnado.

De repente, ela se moveu, o empurrou e o derrubou. Ele caiu contra as almofadas macias e Harper montou nele.

— Felizmente, eu pareço gostar disso — ela murmurou. — Na maioria das vezes. — Ela recuou até a sua ereção estar nas mãos dela. Os olhos de Harper se arregalaram. — Oh.

Raiden fez uma pausa, observando-a enquanto ela olhava para ele.

— Eu sou... diferente dos homens da Terra?

— Só um pouco maior. — Ela envolveu o pau com os dedos e o acariciou.

Passou a língua pela cabeça. Raiden engoliu um gemido e a deixou lambê-lo. Em seguida ela abriu a boca e o tomou.

Se moveu devagar a princípio, se ajustando ao tamanho dele.

— Relaxe — ele murmurou.

Mas não demorou muito para encontrar seu ritmo, balançando a cabeça e sugando-o profundamente. Ele sentiu o pau bater no fundo de sua garganta, mas ela engoliu em seco, gemendo.

*Droga.* Ele agarrou os cabelos dela, empurrando-a para que ela o tomasse mais. Ela o estava deixando louco e ele estava perdendo o controle. E ele nunca perdia o controle.

Ele sentiu o corpo tenso, os quadris empurrarem contra a sua boca, mas não conseguia se soltar.

Ela o puxou.

— Estou com você, Raiden. Estou aqui. — Seu olhar

encontrou o dele, e então, mantendo contato visual, ela o abocanhou, sugando-o entre os lábios.

Raiden não aguentou mais. Gozou com um rugido. Quando ele gozou dentro da sua boca, sentiu as mãos de Harper o acariciarem enquanto a boca sugava cada gota.

Ele a puxou, abraçando-a com força. Os braços dela se moveram ao seu redor. Raiden enterrou o rosto no cabelo dela e, pela primeira vez em muito tempo, se permitiu apreciar a sensação de uma mulher.

Ela se aninhou nele, com a pele ainda úmida. Mas ele ainda não havia terminado com ela. Longe disso.

Ele a puxou para debaixo de si novamente, cobrindo-a com seu corpo.

Ela arregalou os olhos.

— Você está pronto... de novo?

— Os homens aurelianos gozam duas ou três vezes em rápida sucessão.

Sua boca se abriu em um O. Os lindos seios, cobertos com mamilos rosados capturaram sua atenção. Ele se inclinou e os sugou. Harper se contorceu embaixo dele.

Ele deslizou a mão pelo seu corpo e seus quadris se esfregaram contra ele. Finalmente, ele deslizou um dedo dentro dela. Puta merda, ela era apertada, mas também estava molhada, tornando a entrada suave. Ia ser incrível sentir seu pau deslizar dentro dela. Ele a penetrou com mais força, amando seus movimentos e gemidos responsivos.

— Quero me enterrar profundamente dentro de você, Harper.

— Me come, Raiden. Por favor.

— Onde você quer meu pau?

— Dentro de mim. — Ela inclinou a cabeça para trás.

Raiden se ergueu, segurando-a no colo.

— Me deixe ver seus olhos, Harper.

Os olhos azul-acinzentados focaram nele. Ele a levantou com uma mão enquanto a outra acariciava o pau que pulsava. Ele a moveu para baixo, esfregando a cabeça em sua entrada úmida.

Quando entrou nela, Harper gemeu. Ele nunca ouviu um som mais bonito. Levantou os quadris, entrando e saindo lentamente de dentro dela. Ela era muito apertada.

— Você é grande demais — ela sussurrou.

— Não, eu te preencho da maneira certa. — Entrou e saiu de dentro dela novamente, finalmente se enterrando por completo.

Ele encheu as mãos com as curvas suaves do seu traseiro e começou a se mover. Ela gritou e o som de seus corpos batendo um contra o outro ressoou no espaço.

— De novo. Mais.

Raiden não aguentava mais. Estocou com força, ouvindo-a gemer enquanto a penetrava. A acomodou de volta nos travesseiros e começou a estocar dentro dela.

— Eu poderia morar aqui. Bem aqui. Meu pau nunca vai se cansar de você.

— Sim. — Ela arqueou, pegando tudo o que ele lhe deu. Até que seu corpo o apertou e ela gritou o nome dele.

Ele tirou o pau e penetrou mais uma vez. Seu corpo estremeceu, e ele inclinou a cabeça para trás quando o orgasmo o atingiu.

Apoiou a testa na dela, tentando puxar o ar para os

pulmões em chamas. Não conseguia formar nenhuma palavra, então só ficou lá, enterrado dentro dela, e pressionou o rosto contra o seu pescoço.

— Não me deixe ir — ela murmurou contra a pele dele.

— Não vou. — E Raiden sabia que isso não era mentira. Ele não havia terminado com ela e uma parte sua se perguntou se algum dia terminaria.

---

HARPER LEVOU seu tempo para limpar as armas. Passou o pano com óleo ao longo da lâmina de cada espada. Já havia completado uma parede na sala de armas. Só tinha mais alguns para cuidar.

A sala estava cheia de armas de toda a galáxia. As paredes estavam cobertas de espadas, punhais e bastões. As prateleiras enchiam o espaço e guardavam machados, redes e várias outras armas que ela não reconheceu.

Mas toda a sua atenção não estava nas lâminas. Não, todos os seus pensamentos caóticos estavam focados em um gladiador sexy e tatuado e no que eles fizeram ontem à noite. Ela estava mais do que um pouco dolorida.

Harper soltou um suspiro e sorriu consigo mesma. Ela teve vários amantes em sua vida, mas nada era igual ao que ela compartilhou com Raiden naquela piscina subterrânea.

Caramba, ele era insaciável. Ele a tomou de novo à beira da piscina e lhe proporcionou os orgasmos mais longos e fortes que já experimentou. Ah, era tão fácil imaginar aquele pau grande deslizando dentro dela, enchendo-a.

Eles ficaram na piscina, dormindo nas almofadas, aconchegados um no outro. Voltaram à Casa de Galen ao nascer do sol.

O som baixo de passos a fez balançar a cabeça. Ela deveria se concentrar no que estava fazendo ou poderia cortar um dedo com uma dessas espadas.

— Senhora.

Harper levantou a cabeça. Viu uma jovem de pé, usando um vestido branco simples – descobriu que esse era o traje usado pelos empregados domésticos. Estava com a cabeça inclinada e não fez contato visual, mas Harper não achou que já a tivesse visto antes.

— Ah, posso te ajudar?

— Para você. — A mulher avançou e estendeu um pequeno pedaço de papel.

Quando Harper pegou, a mulher se apressou, desaparecendo da sala e seguindo pelo corredor. Harper olhou para o bilhete. Não era como o papel da Terra. Era mais resistente, mais fibroso e a fez pensar em papiros antiquados.

Ela abriu. Havia palavras rabiscadas ... em sua língua?

*Harper. Preciso te ver. É importante. Os guardas vão deixar você passar ao meio-dia de hoje. Venha sozinha.*

Os músculos de Harper travaram. A escrita parecia instável, mas tinha visto os rabiscos de Regan em seus cadernos na estação espacial. Definitivamente, era a letra da amiga. Harper passou um dedo pela escrita.

Rapidamente, dobrou o papel e o enfiou no bolso da calça de couro. Bateu o pé no chão. Deveria contar a

Raiden sobre isso. Balançou a cabeça. Ele ordenaria que ela não fosse. Droga, provavelmente a prenderia. Ela sabia que era muito arriscado entrar furtivamente na Casa de Thrax...

Harper avaliou os riscos. Eram enormes. Mas ela havia sido treinada, desta vez não estava indefesa. *Tinha* que ver Regan e ser pega valia o risco.

Se manteve ocupada pelas próximas horas, esperando impacientemente que os sóis chegassem ao auge. Cronometrou sua fuga para quando os outros estivessem indo almoçar. Assim que viu Raiden e os outros entrarem na grande área de jantar, pegou uma cesta de armaduras danificadas e desviou para os túneis.

Ao se aproximar das portas principais da Casa de Galen, respirou fundo. Fique calma. Aja como se estivesse no controle.

Os guardas a olharam.

— O que está fazendo aqui?

Ela levantou a cesta.

— Preciso levar essas armaduras e peças para reparo.

Os guardas se entreolharam.

— Não temos autorização para isso.

Ela deu de ombros.

— Não tenho nada com isso. — Quando os dois apenas a encararam, ela balançou a cabeça. — Quero dizer, isso não é problema meu. — Ela estendeu a cesta. — Vocês podem levá-las para onde elas precisam ser levadas. Sei que o Raiden não ficará feliz se o seu cinto favorito não estiver pronto para a luta de hoje à noite.

Os dois guardas se endireitaram.

— Tudo bem — o mais alto disse. — Vá. Siga por aqui e volte.

Ela assentiu e correu para o túnel principal. Atravessou a rede de túneis, indo em direção à Casa de Thrax. Havia estudado um mapa da arena e seus túneis na parede da sala de estar dos gladiadores. Só rezava para não se perder.

Como Regan convenceu os guardas a deixá-la entrar? Deus, Harper só esperava que a amiga estivesse bem. Precisava conversar com ela, ver por si mesma que estava ilesa. Tinha que dizer a Regan para esperar, que ela iria tirá-la de lá.

Uma lembrança a atingiu. *Vou ajudá-la, Brianna. Estenda a mão e me deixe ajudá-lo.* Os passos de Harper vacilaram. Ela não conseguiu salvar a irmã, mas desta vez não iria falhar.

Harper chegou ao corredor que levava à Casa de Thrax e guardou a cesta em um nicho. Esperou nas sombras ao virar da esquina, encarando as portas duplas de metal batido cor de cobre. Elas tinham um logotipo com um conjunto de chifres – o símbolo dos thraxianos. Dois guardas alienígenas estavam em pé ao lado da porta.

Já devia ser meio dia. O que faria agora? Pediria aos guardas que a deixassem entrar?

No minuto seguinte, as portas da Casa de Thrax se abriram e ela viu a jovem mulher que entregou a mensagem chegar, segurando uma bandeja de bebidas. A mulher riu baixinho com os guardas, passando as bebidas para eles. Eles se moveram para o lado da porta aberta.

Harper aproveitou a oportunidade.

Ela se forçou a não se apressar e manteve os passos

silenciosos. Alcançou a porta e, enquanto os homens estavam bebendo, ela entrou.

Ao contrário da Casa de Galen, dentro da Casa de Thrax era muito escuro. Através das sombras, ela podia ver as barras das celas que revestiam as duas paredes. Em algum lugar à frente, ouviu alguém gemendo de dor. Engoliu em seco. *Deus.*

Harper seguiu em silêncio pelas celas, procurando por qualquer sinal de Regan. Viu muitas espécies diferentes sentadas no chão cheio de terra, caídas, com as cabeças enterradas nas mãos ou enroladas em posição fetal. Um homem olhou para cima e mostrou os dentes afiados para ela.

Ela seguiu em frente e viu um clarão de pele pálida na escuridão. Uma mulher estava deitada no chão, os cabelos emaranhados escondendo o rosto. Parecia ser do tamanho de Regan.

— Regan — Harper sussurrou.

A mulher levantou a cabeça.

Harper ofegou quando o choque a atingiu. Era Rory Fraser, prima de Regan.

Rory se levantou, seus cachos vermelhos estavam emaranhados em volta do rosto.

— Cacete, Harper. É você mesmo?

Harper passou a mão através das barras e segurou a mão de Rory.

— Claro que sou.

Um tremor balançou o corpo em forma da mulher. Seu rosto estava coberto de sujeira e contusões. Um dos seus olhos estava fechado e inchado.

Harper se moveu para testar a porta da cela. Estava trancada.

Um movimento na cela seguinte chamou sua atenção.

— Harper? — Um sussurro rouco soou. — Ah, meu Deus, Harper.

Regan estava com os braços ao redor do corpo cheio de curvas. O coração de Harper se apertou e sua garganta se fechou. Elas estavam vivas.

— É tão bom ver vocês — Harper falou.

— Você não deveria estar aqui — Regan disse rapidamente.

— Vou tirar vocês daqui. — Harper olhou ao redor das celas. — Viram a Madeline? Ela foi capturada comigo.

As duas mulheres balançaram a cabeça.

— Você não deveria ter vindo. — Os olhos de Regan encontraram os de Harper e seu rosto empalideceu. O olhar da mulher se moveu sobre os ombros de Harper e a boca se abriu.

Um golpe duro atingiu Harper entre as omoplatas. Quando ela bateu contra a barras, deslizou para baixo e se virou. Um chute a atingiu nas costelas e a dor queimou. Ela olhou para cima e viu os guardas thraxianos saindo das sombras, as veias brilhando em laranja.

Ela ouviu Rory xingar e Regan gritar.

Uma armadilha. *Puta merda.* Havia entrado nela com os olhos bem abertos.

Harper moveu as mãos para pegar suas espadas e se xingou mentalmente. Não estava com elas.

Chutou e derrubou o guarda mais próximo. Quando o próximo correu para ela, a jovem se abaixou sob a espada e bateu com o punho na axila do alienígena.

Quando ele resmungou, ela se virou e empurrou a mão em sua região lombar. Ele caiu de joelhos, derrubando a espada.

Harper pegou a arma e girou. A lâmina bateu contra a que o próximo thraxiano segurava. Metal tocou metal enquanto ela lutava. Porém, mais guardas estavam chegando.

Muito mais.

Dois deles correram até ela ao mesmo tempo. Ela bloqueou uma espada, mas a espada do segundo guarda cortou seu ombro.

Sentiu a queimação e depois a corrente de sangue quente. Sua camisa branca se se tornou vermelha.

— Harper!

Ela ouviu o grito de Regan, mas o ignorou. Continuou se movendo. Não tinha como resgatar as mulheres agora. Lançou um olhar frustrado para as celas. Enquanto continuava sangrando, a tontura a abalou. Não tinha certeza se conseguiria sair daqui viva.

Outro guarda se aproximou. Ele carregava um bastão e bateu com força no braço que segurava a espada. Com um grito, a espada caiu no chão.

Ao redor, os prisioneiros gritavam e batiam nas barras das celas. O barulho era ensurdecedor.

Mais tontura fez seu estômago revirar e ela cambaleou. Não ia conseguir.

Pensou em Raiden. Apenas o rosto dele. Levantou o braço bom. Ela ia derrubar o máximo de thraxianos que pudesse.

Dando um passo para trás, se deparou com um corpo rígido. Não.

Mas os braços a envolveram e a forma maciça de Thorin passou por ela. Quando ele se ocupou com os guardas restantes, Harper se virou tão rápido que sua cabeça girou.

Ela olhou para o rosto enfurecido e assustador de Raiden.

Ele não disse nada, apenas olhou para a blusa encharcada de sangue e a pegou nos braços.

— Raiden

— Quieta.

A palavra dura a fez estremecer.

Atrás deles, Thorin havia derrubado os poucos guardas que restavam.

— Vamos lá. — Ele balançou o machado no ombro. — Teremos mais companhia em breve, e é melhor não sermos pegos aqui.

Enquanto Raiden a carregava, ela tentou ver Regan e Rory, mas elas estavam perdidas nas sombras. Saíram da Casa de Thrax e, no corredor principal, ela viu os dois guardas caídos contra a parede, inconscientes.

Raiden e Thorin se moveram pelos túneis rapidamente, voltando para a Casa de Galen.

— Recebi uma mensagem de Regan — ela explicou rapidamente. — Tive que vir. Dizia para eu vir sozinha.

— Você fala de confiança, mas é tudo mentira.

As palavras de Raiden eram como uma espada bem apontada cortando seu coração.

— Sinto muito...

— Eu te disse para ficar quieta.

Voltaram para a Casa de Galen, e Raiden bateu a porta da sala de estar com força. Ele atravessou outra porta para um cômodo menor. Tinha paredes de estuque lisa e uma cama enorme coberta de peles.

O quarto dele. Ele a colocou na cama e voltou para a porta.

— Thorin, me traga o kit de cura.

Raiden voltou para ela e agarrou o decote da sua blusa. Com um puxão, ele a rasgou, sem deixar de notar o corte horrível da espada do guarda. Ele semicerrou os olhos e parecia ainda mais perigoso. A raiva pulsava dele.

Thorin apareceu e jogou uma bolsa de couro na cama antes de lançar um olhar compreensivo para Harper e sair do quarto.

Raiden levou um instante para vasculhar a bolsa e pegar um pedaço limpo de tecido e um tubo. Esguichou uma substância azul no tecido e limpou o sangue na sua pele. Seu toque gentil estava em desacordo com o olhar assustador em seu rosto.

Ele esguichou mais gel sobre a ferida, esfregando-a com um toque muito leve.

— Vai se curar dentro de algumas horas — falou.

— Tive que vê-la, Raiden. E há outra mulher da minha estação espacial lá.

Ele ficou calado.

— Elas são tudo o que me resta — ela sussurrou.

Ele a olhou.

— Você poderia ter tido mais aqui, se você os quisesse.

Ele falou no passado. Harper sentiu outra queimadura de calor em seu coração, mas também sentiu raiva.

— Hã? Você deixou claro que é melhor ficar sozinho. Não se importar.

Raiden parou com um movimento fluido do seu corpo poderoso. Um músculo pulsou em sua mandíbula.

— Vou matar o imperador thraxiano por te atrair para lá.

Harper fechou os olhos. *Deus*. Mesmo enquanto ele estava insanamente bravo com ela, ainda tentava protegê-la.

— É sempre sobre vingança com você, não é?

— Tenho uma luta para me preparar. — Ele se virou e saiu depressa.

Harper se recostou na cama e puxou a blusa ao seu redor. Podia sentir o cheiro de Raiden nas cobertas. A grande presença de Thorin encheu a porta.

— Não o vejo assim há muito tempo.

— Obrigada, Thorin. Você está me fazendo sentir muito melhor.

— Não estou aqui para fazer você se sentir melhor, pequena gladiadora. Você estragou tudo.

Ela virou a cabeça para encará-lo.

— Quer me chutar um pouco? Talvez me apunhalar de novo com uma espada?

Ele a olhou de cima a baixo e o canto da boca se ergueu.

— Não. Não pense que você pode se sentir muito pior do que agora. — Ele se virou para sair também, mas fez uma pausa. — Você pode não conhecer Raiden o suficiente ainda, mas seu latido geralmente é pior do que sua mordida.

Ela bufou, passando os braços ao redor de si mesma. O latido dele já era ruim o suficiente.

— Ele era uma bola de raiva quando o conheci, mas

ao longo dos anos, ele aprendeu a bloqueá-la. Quando ele fica realmente bravo... — O olhar de Thorin encontrou o dela — ... é porque ele realmente se importa, mesmo que não admita.

Com aquele excelente tiro de despedida, Thorin a deixou sozinha.

## CAPÍTULO TREZE

Com um único foco, Raiden continuou batendo contra o saco de pancada cheio de gel no canto da arena de treinamento.

O suor escorria do seu corpo. Estava fazendo isso há horas.

Ele ouviu passos pesados e os reconheceu como os de Thorin. Como ainda não estava disposto a conversar, não se deu ao trabalho de se virar.

— Você destruiu o boneco de *sparring* e o alvo de espada. Agora você vai bater nesse saco até ele explodir.

— Sim.

Thorin bufou.

— Nunca pensei que veria o dia em que o poderoso Raiden se apaixonaria por uma mulher.

Raiden bateu no saco com mais força do que antes, fazendo-o balançar.

— Não sei do que está falando.

— Por que você nega o que sente por ela?

Raiden ficou quieto, flexionando os nós dos dedos

machucados. Não conseguia tirar da cabeça a imagem de Harper no meio da Casa de Thrax, com a blusa encharcada de sangue. Olhou para as próprias mãos manchadas de sangue e sabia que um pouco era dela.

— Acho que sei — Thorin falou.

Raiden se virou, apoiando as mãos nos quadris.

— Você não tem nada melhor para fazer?

— Não. Ver você bancar o idiota é muito divertido.

Raiden voltou para o saco e começou a socá-lo de novo.

— Você gosta dela — Thorin continuou. — Se importa com ela. Está chateado porque ela saiu sozinha e se machucou. Isso é compreensível.

— Cuidar de alguém te deixa fraco.

— Sei que você se importa, Raiden. Não apenas com a Harper. E você é um dos homens mais fortes que conheço. Você me tirou do lugar mais sombrio que já estive e me recompôs.

As mãos de Raiden pararam. Ele e Thorin nunca falavam daqueles dias sombrios em que o homem havia chegado à arena.

— Você teria se salvado.

— Não, eu não teria. Além disso, algo me faz pensar que uma mulher como Harper... tornaria você mais forte.

Raiden respirou fundo, pensando em Harper usando suas espadas, se concentrando em vencer a luta. Dos gemidos baixinhos que ela deu quando gozou em sua boca.

A voz de Thorin baixou.

— Gostaria muito de saber o que você está pensando agora.

Quando Raiden se virou, Thorin lhe deu um olhar astuto.

— Você não pode proteger a todos, Raiden. Ela te aceitará ao lado dela, mas nunca permitirá que você a tranque. Sei que você perdeu todo mundo que amava, mas...

— Pare, Thorin. Não quero ouvir isso.

O amigo suspirou.

— Sim, posso ver. Pelos deuses, você tem uma cabeça dura.

Raiden ouviu o som de uma buzina. Largou o saco e caminhou até as prateleiras de armas. Colocou o cinto, com a capa nas costas. Por um segundo, ele tocou o medalhão no peito.

— Tenho uma luta.

— Sim. — Thorin balançou a cabeça. — Sinto pena dos pobres oponentes nos quais você vai descarregar sua ira hoje à noite.

---

HARPER TENTOU CONTROLAR O NERVOSISMO. Estava na área da Casa de Galen, com uma mão fria no parapeito, assistindo Raiden e os outros lutando lá embaixo.

Era uma luta simples. Não havia bigas, feras ou qualquer coisa extravagante. Era só a boa e velha luta.

Mas ainda assim, estava nervosa. Olhou ao redor e viu o imperador Thraxiano entrar no camarote da Casa de Thrax. O grande alienígena estava sentado em seu lugar, do outro lado da arena, na sua frente.

E então ela viu Regan.

Sentiu a raiva pulsar. Sua amiga estava com o pescoço acorrentado e foi empurrada para se sentar aos pés do imperador. Harper respirou pelo nariz, tentando controlar a necessidade de ir até lá e dar um soco na cara dele.

— Mantenha o controle.

A voz profunda era pouco mais que um estrondo. Harper sequer olhou de relance para o gladiador grande e quieto, que parecia uma montanha ao seu lado.

— Nero, você nunca falou comigo antes. Por que começar agora?

— Raiden me pediu para cuidar você.

Harper não tinha certeza se isso a deixava feliz ou brava. Raiden. Ele não falava com ela desde que a resgatou.

Ele havia se fechado para ela. Como se nunca tivessem se tocado.

*Não pense nele.* Olhou para Regan. *Espere, Regan. Duas lutas e você estará segura.*

Harper se forçou a olhar de volta para a arena. Raiden estava cortando seus oponentes, deixando-os se contorcendo na areia.

Sim, ele estava fora de controle esta noite. Quase sentiu pena dos gladiadores da Casa de Thrax. Ela viu mais dois caírem.

Eles não estavam oferecendo um grande desafio a Raiden. Ela fez uma careta. A luta estava fácil. Muito fácil.

E então ela ouviu a multidão ofegar.

Harper ficou de pé e o coração começou a bater forte

no peito. Ela se virou e viu que Raiden estava cambaleando para trás.

Uma lança perfurou seu peito.

*Não*. Enquanto ela observava, ele agarrou a vara comprida e a puxou para fora de sua carne.

Ela soltou um suspiro trêmulo. Sim, ele era grande e forte, mas o sangue escorria pelo peito. Como ainda estava de pé?

— Ele é forte, Harper — Nero comentou.

Ela olhou para o gladiador, mas viu que ele parecia preocupado. Mais abaixo, Galen também estava de pé.

— Merda de thraxianos cretinos — Galen murmurou. — Foi um ataque furtivo, não aberto e honrado.

Harper tinha certeza de que os thraxianos não davam a mínima para honra.

— Como ele ainda está de pé?

— Os aurelianos são indivíduos resistentes — Galen respondeu. Seu único olho claro brilhava.

Ela viu Thorin, Kace e os demais se aproximarem de Raiden. Era bom o fato de ele estar conversando com Thorin.

Harper olhou de volta para os gladiadores thraxianos. Ainda havia um grande grupo deles de pé. Oito... não, nove.

Mas a multidão ofegou novamente. Ela se virou e viu, horrorizada, quando Raiden caiu na areia.

Harper agarrou a grade, desejando que ele se levantasse. Os lutadores thraxianos avançaram, tentando alcançá-lo.

Os gladiadores da Casa de Galen os encontraram, empunhando suas armas.

Sentiu Galen se mover. Ele estava mais perto do parapeito agora, o rosto cheio de cicatrizes não demonstrava emoções.

— O que há de errado? — questionou.

— Veneno.

Um vento frio soprou através dela. Já haviam lhe avisado de que a Casa de Thrax era conhecida por seus venenos debilitantes.

Ela assistiu enquanto os outros lutavam com os lutadores que restavam, mas cada minuto que passava parecia uma eternidade. Raiden precisava de ajuda médica.

Então ela viu um enorme thraxiano passar pelos gladiadores de Galen. Ele foi direto para a forma ainda inerte de Raiden.

*Não.* Harper estendeu a mão e puxou a espada de Galen da bainha em sua cintura.

Enquanto ela girava, o ouviu xingar. Mas Harper agarrou a grade e, com um movimento ágil, saltou.

— Harper! — As mãos de Galen a tocaram.

Ela aterrissou agachada na arena, sentindo a areia afundar em seus sapatos. Então se levantou e correu.

O thraxiano estava quase ao lado de Raiden, erguendo o machado com um sorriso.

Ele não a viu chegar. Ela veio da lateral e bateu a espada contra a mão que segurava o machado. Ele gritou e a arma caiu na areia.

Mas ele não caiu. Ergueu o outro punho enorme e Harper pulou para trás para evitá-lo. Ela não usava armaduras, só roupas comuns. Não podia deixá-lo atingi-la. Não deixaria que o pânico a vencesse. Tinha que proteger Raiden.

Moveu a espada novamente, mas ele se esquivou. Assumiu o risco ao se aproximar e fez um grande corte em sua barriga.

Ele cambaleou para trás. Outro gladiador apareceu e sua arma encontrou a dele. Ela deixou a raiva alimentá-la e o forçou a se afastar, finalmente derrubando-o com um corte na coxa. O sangue esguichou na areia.

Ouviu passos atrás de si. Se virou, erguendo a espada.

— Opa. — Saff levantou a mão. — Calma, Harper. A luta acabou. E a Casa de Thrax terá que responder por esse truque sujo com veneno.

Harper piscou, tentando se acalmar. Viu todos os gladiadores thraxianos caírem e a multidão aplaudir, chamando o nome de Raiden.

Correu até ele, se ajoelhando ao seu lado. Seus músculos estavam tensionados. Paralisado, ela percebeu. Mas seus olhos estavam abertos, seu olhar cru e intenso. Ele parecia estar em agonia.

— Você vai ficar bem. — Passou a mão na sua testa. — Aguente firme.

— Precisamos tirá-lo daqui — Thorin gritou.

Kace e Thorin se moveram, um para os pés de Raiden e o outro à cabeça. Ergueram seu corpo. Saff, Lore e Harper deram cobertura enquanto o carregavam para fora da arena.

Galen os encontrou nos túneis.

— Rápido. Nossos curandeiros estão esperando. — Ele olhou para Harper e estendeu a mão. — Minha espada.

Entregou-a e correu para ficar ao lado de Raiden. Ele

ficaria bem. Ele era Raiden. O campeão da Arena Kor Magna.

Chegaram à Casa de Galen. O imperador segurou a porta aberta.

— Levem-no para o departamento médico.

Harper nunca havia estado no departamento médico. As luzes eram brilhantes e o lugar parecia muito mais *high-tech* do que qualquer outra coisa que ela tinha visto ali. Três grandes tanques retangulares, cheios de um líquido azul, estavam encostados na parede dos fundos.

Dois curandeiros altos de Hermia se aproximaram, usando vestes bege sobre seus corpos esbeltos.

— Coloque-o no tanque central, por favor. — A voz do curandeiro era suave, quase melodiosa.

Harper se virou. Viu Raiden respirar superficialmente e o suor pingar de seu rosto. O olhar dele encontrou o seu e ela se sentiu queimar.

Tiraram as roupas dele e o colocaram no tanque. Harper viu que o líquido era espesso como um gel. Cercou seu corpo, e eles apoiaram sua cabeça em uma pequena saliência que mantinha sua boca acima do fluido.

— O que é isso? — Harper perguntou.

— Um gel regenerativo — Saff explicou. — Isso cura praticamente qualquer coisa, mas é caro pra caramba. Temos sorte de ter três tanques de recuperação.

Um dos hermianos se inclinou, passando algum tipo de scanner sobre o corpo de Raiden.

— Ele vai ficar bem. — Harper não tinha certeza se suas palavras eram uma pergunta ou uma afirmação.

Saff colocou o braço sobre seus ombros.

— Claro que vai. Ele é o Raiden.

Harper engoliu em seco. Se perguntou se Saff ouviu o tremor em sua própria voz.

Então o curandeiro se virou e sorriu.

— O veneno está saindo do organismo. Depois que ele terminar no tanque de recuperação, ficará bem.

A tensão diminuiu na sala. Ela viu Thorin passar a mão sobre a cabeça e os ombros de Galen relaxarem. Kace bateu no ombro de Saff.

— Pessoal, vão descansar um pouco — Galen falou.

Enquanto os outros saíam, Harper não se mexeu. Quando Galen parou na sua frente, ela ergueu o queixo.

— Não vou deixá-lo.

— Ele está em coma regenerativo. Não vai acordar por um tempo.

Ela olhou para Raiden. Seus olhos estavam fechados agora, seus músculos relaxados.

— Não ligo.

Galen olhou para seu rosto por um momento antes de finalmente assentir e sair.

Eventualmente, a equipe médica diminuiu as luzes. Harper puxou uma cadeira até o tanque de Raiden e se sentou. Soltou um suspiro tenso. De alguma forma, esse grande gladiador alfa havia baixado sua guarda.

Horas se passaram enquanto ela ficava sentada esperando. Estava vagamente ciente de Galen vindo olhá-la e de Saff lhe trazer algo para comer. Logo, a equipe médica reapareceu e transferiu o corpo, agora curado, para uma cama comum.

— Ele vai dormir por mais algumas horas — um curandeiro avisou.

Harper assentiu. Ele estava respirando profunda e uniformemente. Como precisava do seu contato, foi para a cama ao lado de Raiden, se aconchegando contra seu peito.

Afastou o cabelo do seu rosto. Merda de thraxianos. Eles haviam tirado muito dela e ainda estavam tentando tirar as últimas coisas com que ela realmente se importava.

Exausta, apoiou o rosto no seu peito. Seu coração batia com força sob seu ouvido. Parte dela queria dizer a Raiden para não arriscar a vida por ela e por Regan.

Mas sabia que seu gladiador tinha um coração de ouro, mesmo que o mantivesse enterrado sob a postura de macho alfa e as tatuagens.

— Eu te entendo — ela murmurou.

Fechou os olhos e adormeceu.

# CAPÍTULO CATORZE

Raiden acordou lentamente. Sua pele estava melada e ele sabia o que aquilo significava. Havia sido colocado em um tanque de regeneração.

*Drak de thraxianos*. Se mexeu um pouco, testando os membros e sentiu um peso quente pressionado contra a lateral do seu corpo e peito. Franziu a testa, movendo o braço. Nada doía.

Percebeu que o peso era uma mulher. *Harper*.

Tentou se mover, e ela se mexeu, passando a mão pelo seu peito.

— Vá com calma — ela murmurou.

Ele olhou para baixo, viu os cabelos escuros espalhados sobre sua pele. Gostava de vê-los assim.

Ela se sentou, estendendo a mão para a mesa de canto ao lado do beliche. Quando se moveu para sair da cama, ele agarrou seu quadril.

— Não.

Harper o olhou e depois assentiu. Ela lhe entregou um copo cheio de um líquido azul.

— Os curandeiros deixaram isso para você. — Ela esperou até que ele pegasse. — Beba.

Raiden bebeu rapidamente e fez uma careta. Não tinha um gosto bom, mas ele sabia que lhe daria energia.

Ele estendeu a mão, entrelaçando os dedos no cabelo dela.

— Raiden...

Ele se virou, puxando-a para debaixo do seu corpo e prendendo-a.

— Eu dou as ordens.

Ela revirou os olhos.

— Estou tentando ajudá-lo.

— Você pulou na arena.

Seus olhos ficaram cautelosos. *Sim, você deveria mesmo ficar nervosa.*

— Sim. E o Galen já me deu uma bronca. A competição já foi cancelada por causa do veneno...

— Não dou a mínima para a competição. Você não estava preparada. Estava sem armadura, sem aquecimento, com uma arma desconhecida.

— Os lutadores thraxianos estavam indo atrás de você. Um deles havia passado por Thorin e os outros...

— Não importa. *Não* se arrisque. Nunca entre na arena despreparada.

— Eu deveria ter deixado que eles te matassem? — A voz dela se elevou.

— Você deveria ter ficado em segurança.

— Estou viva. — Os olhos acinzentados o encararam, cuspindo fogo. — Você quase morreu!

Ela estava preocupada com ele. Raiden sabia que

tinha amigos, bons amigos. Sempre podia contar com Thorin e os outros para lhe proteger na arena.

Mas fazia anos desde que alguém se preocupou com ele como Harper fazia agora. Droga, talvez desde que ele era um menino.

Ela se afastou e ficou rígida ao lado da cama.

— O curandeiro disse que quando você acordasse, poderia voltar ao seu quarto. Organizaram para que entregassem comida e deixaram isso. — Ela pegou um pequeno frasco de óleo. — Disseram que você precisa massagear o local do seu ferimento.

Ele olhou para a linha teimosa da sua mandíbula.

— Certo. Vou precisar da sua ajuda para ir para o meu quarto. — Ele empurrou os cobertores e se levantou.

Ela deslizou o olhar por seu corpo nu.

— Não pode voltar para o seu quarto assim.

— Por que não? Ninguém vai acordar tão cedo.

— Raiden...

— Está tímida agora? Você já viu meu corpo antes. Já teve meu pau na sua boca e na...

— Raiden — ela murmurou baixinho. — Tudo bem. — Ela apoiou o ombro no corpo dele. — Vamos lá.

Raiden estava bem, completamente curado, mas a deixou segurar um pouco do seu peso e ajudá-lo a seguir pelo corredor.

Ainda era cedo e como ele havia previsto, todos ainda estavam na cama. Passaram pela sala vazia e entraram no quarto dele.

Depois que ela o ajudou a se deitar, jogou um lençol sobre os seus quadris. Ele a observou, gostando do jeito que ela se movia ao seu redor. Pela primeira vez em muito tempo, alguém realmente se importava com suas necessidades. Sim, seus amigos se importavam, eles confiavam as vidas uns aos outros, mas nenhum deles se preocupava com seus ferimentos ou colocava travesseiros atrás da sua cabeça.

Um pouco da sua raiva diminuiu. Ela se importava, mas Thorin estava certo. Harper nunca deixaria Raiden trancá-la para que ela se mantivesse segura e nunca seguiria cegamente as suas ordens.

Ela não seria uma mulher doce e simples para atender às suas necessidades. Seria uma rainha guerreira que ficaria ao seu lado, não importava o que acontecesse.

E ele percebeu que era por isso que estava tão atraído por ela.

A bandeja de comida havia sido entregue e estava perto. Quando ele enfiou outro travesseiro nas costas, ela trouxe a bandeja e a colocou ao seu lado.

— Coma — ela ordenou.

Os pratos estavam cheios de suas comidas favoritas. Havia também uma xícara fumegante de *latte* Aureliano.

Ele tomou um gole, saboreando o gosto amargo. Harper se inclinou para frente e cheirou o conteúdo.

— Tem cheiro de café.

— É de Aurelia e muito caro. — Estendeu para ela, que tomou um pequeno gole. Seus olhos se arregalaram.

— Puta merda, isso é forte.

Com um sorriso, ele bebeu o resto em um único gole. Ia precisar da energia.

Ela estava olhando para ele com cautela.

— Você não está mais com raiva.

— Não.

— Por quê?

— Porque eu estava sendo um idiota autoritário.

Ela piscou.

— Legal da sua parte admitir isso.

Ele se recostou.

— Me lembro de você ter que cuidar do meu ferimento.

Ela levantou o frasco e Raiden pegou algumas nozes *linen* da bandeja. Colocou-as na boca.

— Vá em frente. — Mas ele estava planejando se divertir. Empurrou o lençol e apoiou um braço embaixo da cabeça.

O olhar de Harper percorreu seu corpo e as bochechas dela ficaram um pouco rosadas. Ele sentiu seu pênis se mexer.

— Acho que você pode deixar o lençol no lugar — ela falou, impaciente. — Seu ferimento é no peito.

— Não. — Ele se inclinou para trás, descobrindo mais seu peito. — Aplique o óleo.

Balançando a cabeça, ela se aproximou e seus joelhos ficaram pressionados contra os quadris dele. Ela derramou um pouco do óleo transparente na mão e, com cuidado, começou a esfregar seu ombro e peito. Ele olhou para o ferimento, notando que além de uma marca vermelha na pele, não havia sinal de que havia sido atingido pela lança. Quando olhou para cima, ele sorriu. Ela estava olhando para o seu corpo novamente, observando seu pênis ficar ereto.

O calor em suas bochechas se aprofundou. Era uma contradição ver uma guerreira tão forte que também podia corar como uma virgem.

— Mais forte, Harper.

Ela inclinou o frasco novamente e começou a esfregar o óleo em sua pele com movimentos longos. Ela desceu pelo seu peito, o apertando. Puta merda, ele gostava do seu toque.

— Mais para baixo — ele murmurou.

Ela levantou uma sobrancelha.

— Não acho que você tenha sido ferido ali. — Mas suas mãos alcançaram a parte baixa de seu abdômen. Não demorou muito para que ele visse que seus lábios estavam entreaberto e sua respiração, ofegante.

O desejo cresceu, como uma música cada vez mais alta. Não era só como ela se parecia. Ele gostava de tudo o que ela fazia – suas opiniões, sua coragem. Era a bravura que ele viu na arena e a dedicação dela às amigas.

Seu pênis estava duro, pulsando. Seu olhar caiu para ele novamente e ela mordiscou o lábio. Ver aqueles dentes brancos afundar na pele macia quebrou o resto do seu controle. Ele estendeu a mão, segurou o decote da blusa e a rasgou.

Ela ofegou, deixando o pequeno frasco cair na cama. Ele a puxou de volta para as cobertas, arrancou a faixa que cobria seus seios e pegou o frasco. Espalhou o conteúdo em seus seios e barriga.

— Raiden, você foi ferido...

— Mas já estou bem. — Ele passou as mãos pelo óleo, deixando sua pele escorregadia. Segurou seus seios. — Não vai se arriscar de novo.

Ela resistiu sob seu toque.

— Isso de novo, não. Também não aceito ordens, gladiador.

— Você vai aceitar. — Ele acariciou seus mamilos, apertando-os entre os dedos.

Ela arqueou em seu toque.

— Não, não vou. Sou uma gladiadora agora. O risco faz parte da arena.

Uma parte dele odiava saber que ela teria que lutar, mas outra parte mais primitiva ficou emocionado ao ouvi-la reconhecer sua vida aqui. A vida deles.

Ele a agarrou, puxando-a para si quando se deitou de costas novamente. Ele a acomodou em suas coxas e deslizou as mãos pela barriga dela.

— Se você não vai me ouvir, vou precisar pegar o que quero.

Mais uma vez, ele a viu ofegar e as costas arquearam. Sim, sua doce e pequena gladiadora gostava quando ele era mandão, mesmo que não admitisse. Caramba, ela tinha os seios mais bonitos que já viu.

Deslizou as mãos entre suas coxas. Ela fez um som rouco quando ele roçou seu clitóris e então enfiou um dedo dentro de seu calor apertado.

— Sim. — Ela se moveu de encontro a sua coxa.

— Me deixe ver sua rendição, pequena gladiadora.

---

HARPER ESTAVA com o rosto pressionado contra as cobertas e o bumbum no ar enquanto Raiden a estocava por trás.

Ela gemeu, segurando a coberta de pele.

— Sim, Raiden. Mais.

Ele apertou ainda mais seus quadris.

— Você pega tudo o que te dou e ainda quer mais.

— Mais.

Ele a estocou sem piedade. O som de pele contra pele preencheu o quarto.

— Você é tão apertada, Harper. Quero que você goze agora.

— Demais. — Ela estava empurrando contra ele, se deixando levar pelo orgasmo.

As mãos dele alcançaram a parte de baixo, mesmo enquanto ele continuava entrando e saindo do seu corpo firme. Bastou um toque no clitóris sensível e ela gozou com um grito rouco.

Seu orgasmo desencadeou o dele, e Harper sentiu a pressão dos dedos enquanto ele rugia, seu gozo jorrando dentro dela.

Os dois caíram na cama grande. Raiden mal conseguiu impedir que seu peso esmagador caísse sobre ela.

— Não consigo me mexer — Harper gemeu.

Raiden fez um barulho que retumbou em seu peito. Ela sentiu a mão grande sobre seu traseiro.

— Não tenho certeza do que mais gosto.

Ela virou a cabeça para olhá-lo.

— O que você quer dizer?

Era bom ver o sorriso em seus lábios. Seu rosto parecia quase relaxado. Ou tão relaxado quanto ela imaginou que Raiden poderia estar.

— Sua boca no meu pau ou meu pau nessa sua boceta apertada.

Ela revirou os olhos e riu.

— Raiden.

Ele a puxou para si, virando-a para que suas costas

ficassem coladas contra seu peito. Então ele acariciou seus cabelos.

Ela suspirou.

— Como posso me sentir tão bem quando sei que minhas amigas estão com problemas?

— Em breve a libertaremos.

— Quantas pessoas você libertou da arena?

Ele ficou tenso ao seu lado.

— Não costumo contar.

— Conta, sim. Aposto que cada rosto está gravado em seu cérebro. — Ela ficou quieta por um segundo. — Você não pôde salvar seu povo, então está compensando isso na arena, salvando um escravo de cada vez.

— Harper.

Ela reconheceu sua voz de *não quero falar sobre isso*.

— Raiden, eu...

Com um grunhido, ele se levantou da cama e a pegou nos braços. Caminhou em direção à varanda do quarto e saiu.

Ela chiou, segurando seus ombros.

— Raiden, estamos nus.

Ele a ignorou e caminhou pela varanda longa e estreita. Oferecia uma vista deslumbrante da cidade. No final, ela viu uma pequena piscina circular embutida. O vapor subia e era grande o suficiente para dois.

Ela ergueu as sobrancelhas.

— Uma banheira de hidromassagem para gladiadores?

— Não sei o que é uma banheira de hidromassagem, mas estou planejando desfrutar de um banho com você.

Ele entrou na piscina e se sentou em um degrau

debaixo d'água. Quando Harper o seguiu, a água quente a envolveu e ela gemeu. Era tão bom.

— É o mesmo som que você faz quando meu pau está entrando e saindo de dentro de você.

Caramba, ela gostava quando seu gladiador falava sacanagens. Se virou em seus braços para ficar montada em seu colo. Por um segundo, foi capturada por aquele rosto austero e aqueles olhos intensos. Ele era um homem que se podia olhar, ver na arena e fazer um julgamento a seu respeito. Seria fácil ver a pele tatuada e bronzeada, os músculos marcados pela batalha e nunca conhecer o que realmente havia por baixo disso.

Sentiu a ereção se formar em seu traseiro. Ela se moveu contra ele, atormentando os dois.

Ele gemeu, deslizando a mão na água para encontrar seu clitóris. Ele brincou, acariciando, circulando e beliscando.

Ela mordeu o lábio.

— Você está obcecado.

— Estou. — Ele saiu da água e se sentou na beirada da banheira, com Harper ainda em seu colo. Ele afastou suas coxas. — Me coloque dentro de você.

Novamente, ele usou aquela voz profunda de comando. Talvez, ser um príncipe despertasse isso nele. Ela se abaixou, segurou seu pau e passou os dedos sobre a cabeça grossa.

— Harper — ele grunhiu.

Ela o trouxe para entre as pernas. Em seguida, o encaixou em seu corpo, absorvendo aqueles centímetros firmes em seu corpo. Ele era grande e a tomou várias vezes, mas ela ainda sentia um desconforto quando ele se movia profundamente dentro dela.

Os dedos dele agarraram seus quadris e ele gemeu.

Ela começou a montá-lo de leve, mas seu ritmo logo aumentou, quando um fogo se acendeu dentro dela. Raiden apoiou o rosto em seus seios, mordiscando e lambendo-os.

Espasmos selvagens de prazer começaram a ondular através do seu corpo e ela sabia que estava perto.

— Olhe nos meus olhos, Harper.

Seus olhares se encontraram e ela sentiu um arrepio percorrer sua pele, apesar do calor que estavam gerando. Ele entrou e saiu do seu corpo, fazendo-a acompanhar seus movimentos.

O clímax a atingiu como uma onda. Percorreu seu corpo, fazendo com que ela arqueasse e apertasse seu pau.

Ele sussurrou um xingamento que ela não reconheceu, em seguida ouviu o gemido dele. Um som cru e primitivo que a fez sorrir.

## CAPÍTULO QUINZE

Raiden gostou daquela imagem. Olhou para Harper, sentada no meio da cama, vestindo apenas uma das suas camisas. As pernas longas estavam dobradas embaixo do corpo e ela estava comendo o prato de comida que ele havia lhe dado.

Na tela ao lado da cama, ela estava assistindo informações sobre diferentes mundos. Estava mastigando e ouvindo tudo atentamente. Absorvendo toda a informação.

Ele gostava de vê-la lá entre suas coisas.

Nunca compartilhou seu espaço com uma mulher. Normalmente, transava com elas e as mandava embora.

De repente, ele ouviu uma palavra familiar soar da tela e seus músculos ficaram tensos.

— O antigo mundo de Aurelia — uma mulher dizia. Ele se virou para olhar a tela e viu uma imagem do belo planeta azul esverdeado que já havia sido seu mundo.

— Raiden, sinto muito. — Harper ficou de joelhos, pegando o controle para desligar a tela.

— Não. — Ele colocou a mão sobre a dela, se sentando na beira da cama.

Ele manteve o olhar na tela, observando quando começou a transmitir as imagens da bela paisagem do planeta. Harper se acomodou atrás dele, envolvendo o corpo dele com o seu. Em silêncio, assistiram juntos: o cenário, as cidades, o palácio.

Uma dor agridoce encheu seu peito. Muitas memórias passaram por sua cabeça. Memórias que ele não tinha há muito tempo.

— Não acredito que você é da realeza. — Ela se inclinou para ele. — Aqui estou, praticamente nua com um príncipe.

— Ex-príncipe. — Ele viu um jardim e um pátio paisagísticos. Ao longe, o palácio real se erguia, majestoso e inspirador. — Brinquei lá quando menino.

A imagem mudou e, desta vez, ele viu uma grande cachoeira caindo sobre uma grande piscina de água azul. Um sorriso relutante apareceu em seus lábios. Era perto do palácio de verão deles.

— Eu costumava pular do topo da cachoeira e assustar minha irmã.

Harper apoiou a bochecha contra suas costas e o abraçou. Ele apertou as mãos dela.

A imagem seguinte era de um belo conjunto de prédios feitos de uma luminosa pedra creme, construídos na base da montanha coberta de mato.

— Nosso palácio de verão. Foi aí que montei meu primeiro dragão.

— Dragão? — A voz dela estava chocada.

— É um rito de passagem para um garoto aureliano.

— Dragão — ela disse isso como se não pudesse processar.

Mais imagens apareceram na tela, mostrando a beleza exuberante do mundo em que ele nasceu.

— É lindo, Raiden.

— Era. — E pela primeira vez, ele se lembrou daquela época. Por muito tempo, quando pensava em seu planeta, só pensava no lado ruim. Se lembrou dos pais – o quanto eles se amavam. Lembrou do riso de Naida. Ela sempre estava correndo e rindo.

Com Harper ao seu lado, ele conseguia se lembrar daqueles lugares bonitos do seu planeta e dos rostos assustadoramente familiares das pessoas, sem a dor recorrente de sempre.

Finalmente, as imagens mudaram e o programa passou para um novo planeta. Lamentava não haver imagens da Terra para que ele visse. Então, em vez disso, ele se virou para encará-la.

— Me conte sobre o seu planeta.

— Também tem uma bela paisagem. Florestas de tirar o fôlego, grandes oceanos que quase destruímos, mas que felizmente recuperamos a tempo. Cidades movimentadas, com pessoas vivendo umas sobre as outras, em construções altas, erguendo-se no céu. Desertos selvagens e abertos, cobertos por enormes dunas de areia. — Um leve sorriso surgiu em seus lábios. — Acho que nunca o apreciei o suficiente. Quando a oportunidade de ir para o espaço apareceu, eu a aproveitei.

Raiden detectou mais sob suas palavras.

— Me conte sobre a sua irmã.

Harper soltou um suspiro longo e trêmulo.

— Meus pais eram trabalhadores esforçados, mas também eram jogadores. Eles nos alimentavam, mas também gastavam quase tudo que ganhavam em cassinos.

— Vejo isso acontecer aqui também — ele falou. — As pessoas vêm para uma visita, um pequeno passeio pelo lado selvagem. E saem sem nada.

Harper assentiu.

— Meus pais morreram em um acidente de carro quando eu tinha dezessete anos e nos deixaram sem nada. Consegui a custódia de Brianna e, sem muitas opções de trabalho, entrei para a força policial. Também arranjei um emprego extra, trabalhando durante as noites e nos dias de folga para sustentar minha irmã. Isso a deixou sozinha.

O silêncio continha uma grande dor. Ele passou os dedos pelos de Harper.

— Ela acabou se aproximando de pessoas erradas. Era jovem, zangada e começou a usar drogas.

Ele sentiu uma frustração antiga e tristeza.

— Vi muitos aqui na arena sucumbirem a substâncias proibidas. Para afastar a dor e não encararem a realidade.

Ela assentiu.

— Mas isso, na verdade, não faz a realidade desaparecer. Acho que meus pais faziam a mesma coisa com o jogo. Enquanto jogavam, eles podiam se esquecer de suas vidas. Nenhum dos dois gostava dos seus empregos e se queixavam que nunca poderiam progredir. Mas nenhum dos dois fez nada para mudar, para ir atrás do que queriam. — Ela suspirou. — Era um trabalho muito pesado, então eles culpavam todo mundo e enterraram a cabeça na areia.

— Você não é como sua família.

— Eu os amava muito, mesmo quando me decepcionaram. Perdi meus pais e depois perdi Brianna para o vício. Eu a levei a um local especial, onde ela poderia se reabilitar, um centro muito bom que quase me levou à falência. Mas ela não queria melhorar. Não importava o quanto eu quisesse por ela, não era o suficiente.

— As pessoas devem querer se ajudar primeiro. — Ele pensou em seu eu mais jovem e Thorin, aterrissando na arena, zangado e selvagem.

— Eu sei. Tudo o que pude fazer foi vê-la sair do controle.

— Ela não conseguiu?

— Não, não conseguiu. Não pude salvá-la. Ela teve uma overdose em um chão imundo, de um prédio sujo e abandonado, a poucos quarteirões do nosso apartamento. Três dias após o funeral, entrei para os fuzileiros navais do espaço e acabei na estação espacial.

— Então você foi proteger outras pessoas, porque não conseguiu proteger os seus.

Ela inclinou um ombro.

— Você é gladiador e conselheiro?

Ele puxou seus cabelos.

— E agora, você irá salvar a Regan e a Rory também.

Harper se afastou e ficou de pé.

— Vou salvá-las porque é a coisa certa a fazer. Não é uma tentativa equivocada de reparar a morte da minha irmã.

Raiden apenas a observou.

Ela estendeu a mão.

— Não me olhe assim.

— O que você quer, Harper?

— Quero a Regan de volta. Quero ela e a Rory em segurança.

— Não. Quero dizer para você. O que você quer para Harper?

Ela se afastou dele, envolvendo os braços na cintura.

— O que isso importa? Sou escrava, gladiadora, não tenho como voltar ao meu planeta. E nem mesmo um lar para o qual retornar.

Raiden se aproximou por trás, passando os braços ao seu redor. Ele segurou seu queixo e a forçou a encontrar seu olhar.

— Você não está sozinha.

A raiva escapou de seu rosto e suas feições suavizaram.

— Sempre estive sozinha, mesmo quando minha família estava viva.

Uma forte onda de emoção invadiu Raiden.

— Preciso do meu pau em você.

— Raiden.

Ele a pegou no colo, levando-a para a mesa perto da janela. Colocou-a na beirada, empurrando a blusa por cima dos seios. O desejo era como uma fera dentro de Raiden. Uma que não queria ser controlada. Queria que eles se juntassem, queria reivindicá-la – com força.

Abriu as pernas dela e empurrou sua calça para baixo. Seu pênis saltou livre. Ele o envolveu, o acariciou uma vez e depois encaixou a cabeça grossa contra sua umidade.

— Olhe.

Ela estava respirando rapidamente, com as palmas

das mãos pressionadas contra a superfície lisa da mesa. Mas fez como ele ordenou, focando entre eles.

Raiden empurrou o pau em seu corpo pequeno, mas disposto. Todas as vezes o surpreendia que ela pudesse tomá-lo. Seu pequeno gemido ecoou enquanto seu corpo se esticava para aceitá-lo.

Então ele a penetrou por completo. Harper o abraçou, chamando seu nome. Desta vez, ele manteve o ritmo lento e constante. Suas unhas cravaram nos ombros dele.

Ela se sentiu quente, preenchida, melhor do que qualquer coisa.

Harper se sentiu em casa.

---

QUANDO ELES ENTRARAM na sala de estar, todos se viraram para olhar para Harper e Raiden. Houve um momento desconfortável de silêncio antes de todos começarem a aplaudir e comemorar.

Harper tentou esconder seu sorriso.

O braço de Raiden tensionou no ombro dela.

— Chega — ele grunhiu.

Thorin se aproximou, pressionando uma mão na outra.

— Obrigado, Harper. Por tirar a ele e a nós do seu sofrimento.

Raiden deu um soco na direção do amigo, mas Thorin se abaixou, rindo.

— Por nada, Thorin — Harper falou. — Mas tenho que dizer que o prazer foi todo meu.

Mais aplausos.

Saff se aproximou, segurando uma bebida que tinha vapor saindo de cima.

— Este é o meu agradecimento.

Harper aceitou o copo.

— O que é isso?

Saff fez uma pausa.

— Você provavelmente não quer saber. Apenas aproveite. Juro que tem um gosto bom.

Harper tomou um gole e descobriu que tinha mesmo. O sabor era muito semelhante ao de chocolate quente e quase tão bom quanto o *latte* de Raiden.

— Obrigada. O que é isso?

— Chama-se *ocla*. — Saff balançou as sobrancelhas. — Vale mais créditos do que ganho em um mês. Foi presente de um admirador.

Raiden a levou para um sofá macio. Ele se acomodou e a puxou para o seu lado. Harper se inclinou em sua direção e sorriu. Fazia muito tempo que não relaxava e desfrutava da companhia de outras pessoas. Mesmo na estação espacial, ela tentava se manter distante das pessoas.

Deus, ela e Raiden eram um casal de verdade.

Thorin estava conversando com Raiden, prendendo sua atenção, mas seu gladiador ainda a estava tocando. Ele estava passando a mão pelo seu braço.

Ela viu Nero do outro lado da sala, sentado à mesa, afiando facas. Ela balançou a cabeça. O homem nunca fazia uma pausa e relaxava. Lore estava girando umas bolinhas de metal na palma da mão. Como elas ficavam no ar, ela não sabia. Kace estava sempre comendo.

— Bem — Thorin começou —, a Casa de Thrax recebeu um aviso verbal por esse golpe com veneno.

— Um aviso verbal? Não mais que um tapinha nas costas? — Harper se endireitou, quase derramando sua bebida. — É isso?

Thorin franziu o cenho.

— Um tapa nas costas?

— Um ditado da Terra — ela falou com um aceno de mão.

— Enquanto ninguém morrer, as "autoridades" por aqui realmente não se importam — Raiden falou. — Desde que se mantenha o dinheiro entrando. — Ele olhou ao redor da sala. — Todo mundo pronto para outra luta de hoje à noite?

— Com certeza.

— Isso aí.

— E se vencermos hoje, recuperamos Regan, certo? — Harper colocou o copo no chão.

— Sim.

— Mas e quanto a Rory? — O rosto machucado, mas desafiador de Rory surgiu nos pensamentos de Harper.

O rosto de Raiden ficou sério.

— Duvido que os thraxianos a deixem vir também.

O estômago de Harper ficou apertado.

Ele segurou seu queixo.

— Mas não vamos parar de tentar. Teremos que travar mais batalhas.

Com risco de se machucar. Para ela e seus amigos.

— É o que fazemos — ele a lembrou. — E não tenho escrúpulos em espancar os thraxianos.

Mas ela ouviu o tom sério em sua voz. Os thraxianos sabiam que Harper iria querer as amigas de volta... e, sabendo disso, eles provavelmente jogariam. Isso combinado com a necessidade de vingança de Raiden... não era bom.

Desamparo. Ela odiava isso. Sentiu o mesmo quando viu sua irmã desperdiçar sua vida. Se levantou e foi até as grandes janelas, olhando os sóis gêmeos.

Olhou para a cidade antiga ao longe, sem realmente ver, e para os gigantes globos dourados no céu. Sentiu uma onda de tristeza e pensou em San Diego, seu pequeno apartamento e o sol menor da Terra. Ela adorava assistir ao pôr do sol no Oceano Pacífico. Mas era uma tristeza distante, os pensamentos agridoces das coisas que haviam passado.

— Harper?

O corpo duro como granito de Raiden pressionou suas costas. Ela se apoiou na força dele, descansando a cabeça em seu peito.

— Depois que a minha irmã morreu, demorou um pouco, mas percebi que a vida continua. Não importa o que se enfrenta, o que importa é o que você faz apesar disso. — Ela se virou de frente para seu gladiador e traçou algumas das tatuagens em seu peito. Ainda não achava que ele havia aprendido essa lição. Sabia que seu passado ainda era um grande condutor para encontrar sua vingança.

Ela se perguntou se a vingança realmente lhe daria a paz que ele procurava.

Se fosse honesta, estava fazendo um trabalho ruim depois de perder Brianna. Mergulhou no trabalho, o mais longe possível da Terra. Estava passando por todas as situações, mas não estava realmente vivendo.

Será que não era a hora de mudar isso? Mesmo que estivesse em um planeta alienígena. Mesmo que o lar fosse uma arena selvagem e gladiadora, e sua vida agora girasse em torno dessa arena e do gladiador parado à sua frente.

Ela moveu os dedos sobre outra de suas tatuagens em uma carícia gentil.

— Pare de fazer isso... ou você vai voltar para a minha cama. — Sua voz era profunda e rouca.

Ela sorriu.

— O que isso significa?

— É o meu juramento ao meu povo e ao meu planeta. Minha promessa de liderá-los, protegê-los e colocá-los em primeiro lugar.

O tom dele era inexpressivo, mas ela sentiu sua tristeza. A simpatia era uma dor aguda dentro dela. Se inclinou para a frente e deu um beijo no peito dele.

Ele grunhiu e o som vibrou sob seus lábios. De repente, ouviram um tumulto na porta.

— Ei, olha o que encontrei se escondendo lá fora. — Thorin estava balançando uma criança pequena a um metro do chão.

O garoto parecia esfomeado e chutava e xingava para se libertar.

— Me coloque no chão! Tenho uma mensagem para a mulher da Terra.

Harper paralisou e sentiu o corpo de Raiden ficar tenso ao seu lado. Ela avançou.

— Sou eu.

Thorin soltou o garoto. Ele estava vestindo roupas simples, esfarrapadas e manchadas de sujeira. Ele a olhou de cima a baixo e pareceu velho demais para seu tamanho.

— Você é pequena.

Ela revirou os olhos.

— É o que todo mundo me diz. — Ela pegou um pãozinho da mesa e estendeu para ele. — O que você tem para mim?

Ele olhou o pão como um ladrão que olha para diamantes. Rápido como um flash, ele pegou o pão e jogou um pedaço de papel para ela. Enquanto o garoto devorava o pão, ela abriu o bilhete.

Harper fez uma careta. Desta vez, a mensagem estava em um rabisco alienígena ilegível.

— Não consigo ler.

Raiden olhou por cima do ombro. Enquanto movia o olhar pelo texto, seu rosto ficou mais sombrio.

Harper sentiu o estômago apertar.

— Me fale.

— Pode ser outra armadilha...

— Fale — ela pediu de novo.

— Aqui diz que a Regan será transferida. — ele soltou um suspiro. — Que ela será vendida para escravos fora do mundo.

— O quê? — perguntou em um sussurro horrorizado. — Mas o imperador thraxiano concordou que ela faria parte da luta de hoje. Como ele pode voltar atrás em sua palavra?

— Porque ele é thraxiano.

— Parece outra armadilha — Thorin disse.

— Mas e se não for? — Harper se virou para Raiden. — E se eu não fizer nada e ela se for? Para sempre?

— É verdade — o garoto falou, erguendo o rosto sujo. — E não é só ela que será vendida. A outra mulher da Terra que está com ela também vai.

# CAPÍTULO DEZESSEIS

Raiden colocou o cinto de couro enquanto olhava o mapa da Casa de Thrax sobre a mesa. Pressionou o dedo em um ponto.

— Vamos entrar aqui.

— Ou aqui. — Thorin apontou para outro local.

Raiden assentiu.

— Essa é uma boa opção também. Vamos mantê-la como segunda opção, se precisarmos.

— Espero que não precisemos disso — Saff murmurou.

— Precisamos entrar lá, pegar as mulheres e sair sem que ninguém nos veja — Raiden falou. — Ou, pelo menos, sem que ninguém possa nos identificar.

Ao seu redor, todos os gladiadores usavam preto e máscaras negras que cobriam a metade superior do rosto caindo no pescoço. Esta noite, sua capa era toda negra. Lore estava brincando com algumas coisas que planejava levar para a missão. Seus truques os tiraram de alguns momentos difíceis antes. Nero estava calado e ameaçador, enquanto Kace parecia calmo e concentrado.

Ele viu Harper observá-los. Ela havia bloqueado sua preocupação por enquanto, mas ele ainda podia vê-la em seu olhar.

— Você já fez isso antes — ela falou.

Ele levantou uma sobrancelha.

— Já invadiu e libertou pessoas antes. Das outras casas de gladiadores.

Ele olhou para sua equipe e depois de volta para sua mulher.

— Sim. Quando Galen não consegue negociá-los como prêmio na arena, entramos e os libertamos.

— Acho que isso não é legal.

Risadas soaram ao seu redor.

— Muitas coisas não são legais por aqui — Thorin falou.

— Ninguém se importa muito com as regras — Raiden explicou. — Mas as pessoas podem se vingar. É melhor não sermos pegos.

Harper respirou fundo e segurou as mãos, passando os dedos sobre os pulsos.

— E se formos pegos?

— Vamos morrer.

Ela se aproximou dele, ficou na ponta dos pés e o beijou.

— Você é um bom homem, Raiden.

— Ei — Thorin reclamou. — Também estou arriscando meu pescoço. Onde está o meu beijo?

Harper manteve os olhos em Raiden.

— Você é um bom líder. Seria um rei incrível.

Raiden sentiu um calor no peito.

— Coloque sua máscara. Precisamos ir.

Terminaram de se arrumar e seguiram para o corredor. Era tarde, tudo estava envolto em trevas. Galen os encontrou, com o rosto sério.

— Sejam cuidadosos.

Raiden assentiu. Galen parecia querer dizer outra coisa.

— Sei que você gostaria de vir, mas não podemos arriscar. Se formos pegos, alguém tem que garantir que a Casa de Galen ainda esteja de pé.

Um músculo na mandíbula de Galen pulsou, mas ele assentiu.

— Boa luta.

Raiden garantiu que Harper ficasse entre ele e Thorin enquanto se moviam pelo labirinto de túneis. Algumas vezes, eles tiveram que mudar de rota para evitar as patrulhas que vagavam pela arena à noite.

Ele esperava que a sorte se mantivesse ao lado deles, mas enquanto desciam o túnel maior que levava à Casa de Thrax, o som de guardas falando à frente deles chamou sua atenção.

*Droga*. Raiden olhou ao redor. Não havia onde se esconder. Não havia túneis laterais ou portas.

Ele levantou a mão e acenou para o resto da equipe. Eles se afastaram, se escondendo nas sombras que podiam encontrar.

O que ele precisava era de uma distração para impedir que os guardas olhassem muito de perto para seus gladiadores. Puxou Harper e a empurrou contra a parede de pedra. Ela deu um gritinho abafado, olhou nos olhos dele, mas não protestou.

Ele colocou suas pernas ao redor dos quadris dele e pressionou a boca perto da dela.

— Finja que estamos nos divertindo. — Ele começou a mover seus quadris contra os dela como se estivessem transando.

Ela entrou na farsa rapidamente e começou a gemer alto, segurando a cabeça dele.

Os guardas se aproximaram e Raiden pôde ouvi-los rindo.

— Cara, gostaria de poder encontrar algo assim — um deles, com uma voz profunda, falou.

Raiden se apoiou contra Harper, desejando que os guardas continuassem em movimento. Felizmente, eles passaram pela entrada do túnel e continuaram andando.

Ele ficou quieto e empurrou o rosto contra o cabelo de Harper.

— Droga.

— O quê? — ela sussurrou.

— Estou de pau duro.

Ela soltou uma risada surpresa, baixando as pernas.

Quando ela estava de pé e seu corpo havia voltado ao controle, ele levantou a mão e gesticulou para os demais o seguirem.

Eles continuaram até chegarem à grade que havia sido marcada no mapa. O metal enferrujado cobria um velho túnel que havia sido desativado.

Raiden acenou com a mão e Saff avançou, puxando uma pequena ferramenta do cinto. Ela começou a afrouxar os parafusos de metal que mantinham a grade presa.

Quando Saff assentiu, Kace e Thorin puxaram a grade pesada para o lado, descobrindo a escuridão do túnel úmido. Era mais velho e menor que os túneis ativos.

— Cuidado — Raiden os avisou. — É velho. Provavelmente teve algum desmoronamento ou outro dano para ter sido fechado.

Ele foi primeiro. Teve que se curvar, pois o espaço não era grande o suficiente para ele. Foi bom para Harper, que se moveu silenciosamente atrás dele. O resto da equipe o seguiu. Depois que Nero entrou, Kace e Thorin deslizaram a grade de volta para o lugar, a fim de evitar levantar suspeitas.

Eles se moveram através da escuridão densa, pisando cuidadosamente sobre uma área onde alguns pedaços de rocha haviam caído do telhado. Logo, alcançaram outra grade.

Saff se aproximou com sua ferramenta e Raiden a moveu devagar e silenciosamente para o lado. Ele teve o cuidado de não emitir nenhum som e alertar os guardas thraxianos.

Todos entraram na área da cela da Casa de Thrax.

Tudo estava muito quieto.

Raiden sentiu os pelos da nuca se arrepiarem. Odiava quando as coisas estavam tão calmas. Lanternas escuras emitiam um brilho fraco e espaçado nas paredes.

Mas isso não o impediria de resgatar as amigas de Harper.

---

HARPER AVANÇOU EM SILÊNCIO, procurando as celas através da escuridão. Ela viu seus corpos encolhidos no chão de pedra dura.

Deus, ninguém merecia isso. Queria salvar todo mundo, mesmo sabendo que não podia.

Chegaram às celas onde ela já tinha visto as amigas antes. Tocou nas barras, procurando em cada uma.

Estavam vazias.

*Droga.* A ansiedade a atingiu. Elas já haviam sido vendidas? Estavam muito atrasados?

Olhou para Raiden e balançou a cabeça. A mão dele tocou sua bochecha brevemente, e o toque lhe deu força. Ele acenou com a mão e eles continuaram se movendo.

De repente, ela tropeçou em algo perto do seu pé. Estendeu os braços e conseguiu se equilibrar. Que merda era essa? A luz fraca das lanternas cintilava em um fio esticado pelo corredor.

*Ah, não.* Um som alto soou e algo caiu sobre ela.

Era uma rede. Quando ela levantou as mãos para se proteger, ouviu Raiden e os outros xingando. Algo caiu em sua pele, queimando, e as cordas metálicas estavam começando a brilhar enquanto esquentavam.

Ela se contorceu, lutando para se libertar, tentando impedir que a rede tocasse sua pele em qualquer ponto por muito tempo, mas quanto mais se movia, mais a rede se apertava.

Movimento. Raiden apareceu e, com um golpe, cortou as cordas com a espada. Quando a rede caiu no chão, ela estremeceu.

— Você está bem? — ele perguntou.

Ela checou os braços, encontrou algumas queimaduras, mas nada de ruim. Assentiu.

— Isso deve ter acionado um alarme — ele falou. — Eles virão. — Acenou para os outros. Saff estava ajudando Kace a se levantar. O gladiador teve uma queimadura forte no peito. Nero, Thorin e Lore pairavam na escuridão.

— Não podemos deixar Regan e Rory — Harper falou. Seu tom era resoluto.

— Não temos muito tempo. Não deixarei que os thraxianos te levem de novo.

— Ouço os guardas entrando — Thorin alertou, levantando o machado.

— Sugiro que nos escondamos — Lore disse. Ele segurava algo na palma da mão. — Fiquem todos atrás de mim.

Todos se amontoaram atrás do gladiador magro. Raiden puxou Harper para perto de si. Lore tocou em algo e ela viu um leve brilho azul aparecer, que se espalhou na frente deles.

— O que é isso, homem mágico? — Saff sussurrou.

— Se funcionar, os guardas que chegarem verão apenas uma projeção da parede de rocha atrás de nós.

— *Se* funcionar? — Raiden perguntou.

Lore deu de ombros.

— Não tive chance de testá-lo.

Harper tentou acalmar os batimentos cardíacos acelerados. Então, os guardas thraxianos apareceram. Ela deslizou a mão na de Raiden, apertando com força.

Todos os gladiadores estavam tensos. Ela sabia que esse tipo de operação era contra a natureza deles. Todos gostavam de ação, não de se esconder e esperar.

Um guarda olhou na direção deles, mas aparentemente não viu nada de errado. Todos estavam agachados, estudando as redes. Alguns prisioneiros estavam parados nas grades das celas, observando de forma sombria. Deus, ela esperava que nenhum deles fizesse alguma coisa para causar problemas. Se os entregassem...

Depois de mais alguns minutos, ela percebeu que os guardas haviam relaxado completamente.

— Essas redes são inúteis — um guarda grunhiu.

— Você está certo, elas nunca funcionam corretamente. — Outro guarda concordou com a cabeça.

— Vamos — o primeiro guarda disse, chutando as redes contra a parede. — Não há nada aqui que valha a pena se preocupar.

Esse foi o primeiro erro deles.

— Vamos ver se os guardas podem nos dizer onde estão as mulheres — Raiden murmurou quase sem som. — Prontos?

Raiden levantou a mão e a baixou com força.

Antes que Harper pudesse sacar suas espadas, Lore abandonou a magia e os gladiadores avançaram. Os guardas confusos mal tiveram tempo de sacar suas armas antes que os gladiadores os atacassem. Metal tocou em metal.

Ao contrário do estilo de luta deles na arena, desta vez, os gladiadores lutaram em silêncio, com movimentos rápidos, eficientes e letais. Thorin ainda deu vários socos, mas não houve gritos ou aplausos. Kace ficou quieto, trabalhando com a energia de um comandante militar. Saff e Nero derrubaram seus oponentes o mais rápido possível, enquanto Lore estava completamente desprovido de habilidade e truques, apenas atacando com habilidade perigosa.

E Raiden era Raiden. Não havia diferença nele ao lutar na arena ou na escuridão de uma missão secreta. Ele fazia o trabalho e era mortal.

Eles não demonstraram piedade, e Raiden manteve só um guarda vivo. Pressionou a lâmina da espada na garganta do alienígena e as inscrições brilharam suavemente.

— Onde estão as mulheres da Terra?

O guarda fez um som borbulhante.

Raiden enfiou a lâmina com mais força na pele dura do Thraxian.

— Onde?

— Celas de tortura. — O alienígena tossiu.

*Celas de tortura?* Harper sentiu seu estômago revirar.

Raiden retirou a espada e bateu com o cotovelo no rosto do guarda. Ele caiu no chão.

— Por aqui. — Raiden acenou para eles seguirem por outro túnel.

Harper se aproximou, ficando atrás dele.

— A Casa de Thrax tem algumas celas que eles usam para interrogatório e tortura, além de confinamento solitário.

— Se eles as machucaram... — Harper disse, seu tom feroz.

— Provavelmente os thraxianos estavam apenas mantendo-as separadas do grupo antes da transferência.

Mais a frente, ela viu um brilho fraco de luz. Um único guarda thraxiano estava sentado em um banquinho na frente de uma porta, parecendo entediado.

— Meu — ela falou.

Raiden olhou para ela e sorriu. Ele acenou para a frente.

Harper se moveu rapidamente, erguendo as espadas. O guarda a viu no último segundo e se levantou, mas ele estava muito atrasado.

Harper golpeou sua barriga e afundou a segunda lâmina no ombro dele. O sangue espirrou no chão de pedra. Ele gritou e ela pulou nele, montando-o no chão.

Quando ela se levantou, os outros estavam ao seu lado. Ela se virou para encarar a porta. Tinha uma pequena grade de metal embutida no topo.

— Quem está aí? — um sussurro baixo soou.

Harper correu para a porta.

— Regan? Estou aqui.

Uma mão magra agarrou a grade, um rosto aparecendo das sombras.

Harper congelou. A mulher parecia quase humana, mas tinha orelhas pontudas e fendas na testa.

— Suas amigas se foram — a mulher declarou.

## CAPÍTULO DEZESSETE

Raiden viu Thorin abrir a porta. A mulher galliana saiu tropeçando.

Harper se remexeu, impaciente.

— Sabe aonde a Regan e a Rory estão?

O rosto da mulher se contorceu.

— Eles as pegaram. A que se chama Rory foi levada para outro local. Ela deve ser vendida para alguém da região. A outra, Regan... eles a levaram há pouco tempo. Disseram algo sobre uma nave.

As mãos de Harper apertaram as da mulher.

— Tenho que encontrá-las.

Raiden franziu a testa.

— Não podemos ir atrás das duas.

O rosto de Harper se contorceu com a agonia de sua decisão.

— Se a nave deixar o planeta...

Ele assentiu.

— Encontraremos Rory depois que resgatarmos a Regan.

— Temos que nos mexer. Não vai demorar muito para que os thraxianos percebam que algo está errado — Thorin avisou. — Temos que ir agora.

Raiden assentiu, tocando o ombro de Harper.

— Venha.

— Por favor — a mulher galliana sussurrou. — Me leve com você.

— Qual o seu nome?

— Darla.

— Saff — Harper chamou em voz baixa. — Pode levar a Darla de volta à Casa de Galen?

Saff assentiu, se virando para a mulher.

— Claro. — A gladiadora olhou para Raiden. Ele sabia que ela odiaria perder uma luta, mas sabia que ela era muito protetora dos mais fracos.

Ele olhou para Kace.

— Vá com elas. Fiquem em segurança. — O gladiador assentiu.

Quando chegaram ao túnel de saída, Harper se virou para Darla.

— Estes são meus amigos, Saff e Kace. Você precisa ir com eles. Eles irão te levar a um lugar seguro.

— Onde? — a mulher perguntou.

— Para a Casa de Galen.

Darla empalideceu, dando um passo para trás.

— Outra casa de gladiadores? Onde vou continuar sendo prisioneira?

— Não, não vai. — Harper balançou a cabeça. — Não posso explicar agora, mas preciso que você confie em mim.

Darla olhou para Raiden, que estava de pé atrás de Harper.

— Ele te olha como se fosse seu dono.

Raiden deu um passo à frente.

— Eu morreria para protegê-la.

A boca da mulher se abriu e ela ficou em silêncio por um momento.

— Tudo bem.

A boca de Harper se inclinou em um sorriso.

— Vá com Saff e Kace.

Raiden esperou Harper ajudar sua nova amiga a entrar no túnel com os gladiadores escolhidos. Ele assentiu para os gladiadores restantes e entraram no túnel. Raiden levou um segundo para colocar a grade de volta no lugar.

— Precisamos nos apressar — Raiden avisou. — Já devem ter ido para o espaçoporto.

— O caminho mais rápido é através do centro da cidade velha — Thorin avisou.

Raiden assentiu. Eles se moveram rápido e logo escaparam da arena. Enquanto se moviam pelas ruas escuras, manteve o olhar afiado. Kor Magna à noite podia ser um lugar perigoso. Gangues perambulavam pelas ruas – ex-gladiadores, aspirantes a gladiadores, pessoas que a arena havia mastigado e cuspido.

Atravessaram um pátio silencioso, com bancos vazios e escuros. Nenhuma luz brilhava nos prédios próximos. Logo eles voltaram para as ruas estreitas e sinuosas entre os prédios.

De repente, um grupo de figuras sombrias apareceu no final do beco. Ele murmurou um xingamento.

— Continuem — murmurou para a equipe. Estendeu a mão e tirou a máscara.

Quando se aproximaram, ele pôde ver que era uma das gangues – cada um usava um distintivo vermelho idêntico em suas roupas. Estavam começando a se movimentar para emboscar o grupo quando o olhar do líder encontrou Raiden.

Um segundo depois, a turma recuou e desapareceu nas sombras.

— Graças a Deus por sua reputação de durão — Harper falou.

Eles continuaram se movendo e logo emergiram dos becos em frente a uma cerca alta de metal.

Acima da cerca de arame, luzes brilhantes iluminavam o Espaçoporto Kor Magna.

Havia várias naves espaciais estacionadas na areia firme. Mas foi a enorme nave thraxiana em forma de charuto, repleta de espinhos, que dominou o espaço.

Ao lado de Raiden, Harper tropeçou. Algo terrível passou pelo rosto dela.

Ele segurou o braço dela.

— Harper?

— Parece exatamente como a nave em que eu estava. — Seu tom era duro.

Ele apertou seu braço.

— Você não está mais lá. Você escapou.

— Mas tenho que voltar.

— Não. — Ele a virou para encará-lo. — Você vai salvar sua amiga e, desta vez, não está sozinha. Estou ao seu lado. Em cada passo do caminho.

— Sempre estive sozinha. Mesmo quando minha

família estava viva, eles viviam apenas para si e para suas necessidades. Nunca para mim.

— Estou aqui, Harper.

— Obrigada. — Ela olhou de volta para a nave, depois assentiu e levantou o queixo. — Vamos encontrar a Regan.

———

HARPER SE MOVEU de forma furtiva enquanto corria ao longo do casco da nave. Só de estar ali, sentia seu peito apertar, mas manteve seus pensamentos focados em Regan.

Eles encontraram a portinha de entrada lateral com um único guarda de plantão. Raiden o derrubou sem fazer barulho.

Quando entraram, Harper teve que se fortalecer. O piso escuro familiar e o corredor a fizeram estremecer.

Raiden assumiu a liderança, consultando uma pequena tela de computador projetada em seu pulso. Ele conseguiu encontrar um mapa aproximado de uma nave thraxiana nos arquivos da Casa de Galen. Eles estavam indo em direção às celas.

Foi quando ouviram o estrondo de vozes.

Raiden abriu uma porta em uma sala lateral, que felizmente estava vazia. Parecia algum tipo de área de jantar. Todos entraram e se encostaram contra as paredes de cada lado da porta.

As vozes ficaram mais altas quando os thraxianos pararam do lado de fora.

— A nova prisioneira está sendo processada. Não tenho certeza do que se trata. Não há muito sobre ela.

Harper fechou os olhos. *Aguente firme, Regan.*

— Tirá-la daqui é um favor para o imperador. O comandante Yoxx a quer acomodada e depois vamos embora. Temos um leilão de escravos em Yandras II para participar.

Harper sentiu Raiden endurecer ao seu lado. Ela sentiu a tensão vibrar nele.

— O que há de errado? — ela sussurrou.

Um músculo tensionou em sua mandíbula. Suas mãos estavam cerradas.

— Yoxx.

Ela esperou, sentindo o pavor se formar em seu estômago. Ela ouviu os thraxianos se afastarem.

— Yoxx era o comandante encarregado do ataque a Aurelia.

*Deus.* Ela sentiu um aperto no peito. Sentiu todos os outros ao seu redor ficarem tensos.

— Raiden...

Ele empurrou os punhos contra a parede.

— Durante anos, sonhei em encontrá-lo. Por anos, imaginei enfiar minha espada nele.

— Raiden. — A voz de Thorin soou. — Esta nave irá decolar em breve. Temos que encontrar a amiga de Harper e sair. Não temos tempo para o Yoxx.

Harper pressionou as mãos no peito de Raiden, sangrando por ele.

— Você deixaria a pessoa responsável por destruir sua vida fugir?

A mandíbula de Thorin se apertou e ele ficou em silêncio.

Harper mal reconheceu as linhas rígidas do rosto duro de Raiden. Era como se ele não estivesse mais vendo nada, seus pensamentos focados no comandante.

Ela apoiou os dedos contra sua roupa de couro.

— Se perdermos a Regan, ela desaparecerá para sempre. Será perdida na escravidão.

— Ele destruiu meu planeta!

A dor crua em sua voz destroçou Harper. Ela queria mais do que tudo que ele encontrasse o fechamento de que tanto precisava. Mas duvidava muito que o encontraria com vingança.

— Matá-lo trará seu planeta de volta? — ela perguntou baixinho. — Trará sua família de volta?

— Não. Mas vou me vingar.

— Por favor, Raiden. Tenho que encontrar a Regan. E preciso da sua ajuda para tirá-la daqui.

Ele estava balançando a cabeça novamente.

— Vamos nos separar. Thorin, Nero, Lore, vão com Harper e encontrem sua amiga. Encontro vocês depois.

Harper respirou trêmula. Ele iria deixá-la. Ela lutou contra suas emoções. Entendia a dor dele. Compreendia o que era perder tudo o que importava, mas olhando para ele agora, percebeu que ele nem estava pensando nela. Percebeu que não era importante o suficiente para ele.

Ela entendia. Era para isso que ele vivia e era muito mais importante do que uma mulher da Terra com quem ele dividia a cama por um curto período de tempo. Ela nunca foi importante o suficiente para ninguém. Não para seus pais. Não para a irmã. Para Raiden também não.

Harper deu um passo para trás.

— Claro.

Algo em sua voz pareceu chamar a atenção dele. Ele franziu a testa.

— Harper...

— Tudo bem. Você fez sua escolha. Vá. Antes que a nave decole.

As mãos dele seguraram seus pulsos.

— Vou cuidar do Yoxx e depois volto...

Ela levantou o queixo.

— Preciso encontrar a Regan. — Ela segurou as mãos dele, as apertou e as removeu da sua pele.

Ela se virou, encontrando o olhar de Thorin. Agora precisava se concentrar em Regan e não em seu coração que estava sangrando.

— Pronto?

Harper se afastou do gladiador que a fez acreditar em coisas que não existiam. Agora ela sabia que a única pessoa em quem podia confiar era em si mesma.

Saiu da sala e voltou pelo corredor na direção das celas. Ouviu os homens andando em silêncio atrás dela.

— Harper, sinto muito pelo Raiden...

Harper balançou a cabeça.

— Está tudo bem, Thorin. — Ela ignorou a simpatia na voz dele e se forçou a afastar todos os pensamentos sobre Raiden da sua cabeça. Ele havia feito sua escolha e não tinha sido ela.

Eles se apressaram e quando ela viu o corredor revestido de metal, sabia que eles estavam chegando perto.

De repente, as luzes se apagaram e o corredor mergulhou na escuridão.

Harper congelou e sentiu seu coração batendo contra as costelas.

— Acha que nos detectaram?

— Provavelmente. — Thorin bateu o machado na palma da mão.

Nero deu um aceno infeliz.

Ela assentiu de forma sombria.

— Então vamos seguir em frente. — Segurou o cabo de suas espadas com mais força. Ela não se importava com quantos thraxianos teria que derrubar. Não ia sair daqui sem Regan.

Eles seguiram para o fim do corredor e pararam no cruzamento.

— Esquerda ou direita?

Thorin estudou o mapa em seu pulso.

— Acho que precisamos ir para a direita...

Uma tosse estranha ecoou na escuridão.

Isso eriçou os pelos em seus braços. Merda. Tentou ver através das sombras. O que será que havia feito aquele som terrível?

— Parece um gato de caça thraxiano — Lore comentou.

— Acho que eles não são fofos e macios — Harper falou.

— Achou certo.

Em seguida, ela viu as sombras se moverem e um corpo magro e poderoso escapar da escuridão. Seus músculos paralisaram e ela viu olhos laranja reflexivos. A criatura rosnou novamente.

Parecia uma pantera negra, mas sem o pelo. Um corpo longo e elegante, com patas enormes e garras. Tinha a mesma pele dura que os thraxianos e um conjunto de chifres em sua cabeça grande.

Em seguida, levantou a cabeça e mostrou presas afiadas em ambos os lados da mandíbula.

*Esqueça. Não era uma pantera, era um tigre com dentes-de-sabre.*

Viu movimento atrás da criatura. Mais três felinos gigantes se adiantaram.

Harper balançou as espadas na sua frente.

— Aqui, gatinho, gatinho.

Ela ouviu Thorin bufar.

— Você tem coragem, garota da Terra.

A criatura principal se lançou para frente com um poderoso salto.

O grande corpo de Thorin saltou na frente de Harper. Ele agarrou a criatura, apertando a pele negra, girou e o jogou contra a parede.

Harper ouviu as garras no metal e se virou. Os outros três gatos estavam correndo para a frente. Lore e Nero correram para lutar.

— Pode vir — ela gritou.

---

RAIDEN SE ESGUEIROU CUIDADOSAMENTE em direção à ponte da nave. Ele virou em um corredor e viu dois thraxianos caminhando em sua direção.

Em silêncio, ele atacou, balançando a espada em um

amplo arco. Sangue thraxiano pulverizou as paredes e, com mais dois golpes, eles estavam mortos.

Continuou se movendo, o calor em seu sangue o abastecendo. Yoxx estava perto. Yoxx era um homem morto.

Raiden passou cuidadosamente por uma porta aberta.

— Os gatos caçadores se ocuparam dos intrusos.

Um segundo thraxiano deu uma risada profunda.

— Não vai demorar até que não reste nada além de ossos.

Raiden fez uma pausa. *Drak.* Harper e os outros estavam lutando com gatos caçadores thraxianos. Raiden enfrentou um na arena uma vez. As criaturas eram fortes, sedentas por sangue e gostavam de comer carne.

A dúvida o incomodava. Thorin protegeria Harper. Caramba, ela poderia se proteger.

O rosto dela surgiu na sua cabeça. Sua expressão quando ele a deixou. Seu olhar frio.

Era como se ela o tivesse cortado.

Balançando a cabeça, Raiden continuou se movendo. Se forçou a pensar em sua família. Na mãe e no pai assassinados, na irmã violada e morta. Eles nunca tiveram a chance de envelhecer, e sua irmã nunca teve a chance de se tornar quem ela tinha potencial para ser.

Eles mereciam ser vingados. Mereciam que ele derramasse o sangue de Yoxx.

Mas os passos de Raiden diminuíram e ele baixou a espada. Suas memórias estavam apagadas. Ele se perguntou se de onde quer que estivessem agora, eles se importavam com a vingança.

As lembranças mais vívidas em sua cabeça eram de

seus amigos aqui na arena. De seu objetivo de salvar aqueles que não deveriam estar lá.

De Harper.

Harper, a mulher que não saía da sua cabeça e o fez se sentir muito mais. Ela o trouxe de volta à vida.

E ele a deixou.

Assim como todo mundo em sua vida a havia deixado.

*Drak* isso tudo. Raiden se virou e começou a correr de volta para ela e os outros.

Ao passar pela sala de guarda novamente, ouviu os rosnados cruéis dos gatos. Percebeu que os thraxianos deviam estar assistindo a algum tipo de filmagem de segurança.

Então ele ouviu uma voz familiar e profunda. Thorin.

— Corra, Harper. Corra!

Não, não.

Raiden entrou na sala, derrubando os guardas despreparados com dois movimentos rápidos. Ele voltou para o corredor e continuou correndo.

Tinha que chegar a Harper.

# CAPÍTULO DEZOITO

O coração de Harper batia forte enquanto ela engatinhava por um duto de ventilação. Thorin a empurrou para o teto. Enquanto avançava, estava bem ciente de que estava deixando um rastro de sangue atrás de si.

Um gato havia acertado um golpe com suas garras afiadas, rasgando suas calças de couro e arrancando a lateral. Ela estava sangrando, mas achou que não estava muito ruim. A dor insana era péssima, mas ela viveria.

Deus, ela esperava que Thorin, Nero e Lore estivessem bem. A imagem de Raiden apareceu diante de seus olhos, mas ela afastou esse pensamento.

A densa escuridão a fez sentir como se estivesse se afogando. Mais uma vez, estava sozinha no escuro. Afastou esse pensamento desanimador e parou para olhar o mapa de pulso que Thorin havia empurrado para ela. Era grande demais em seu pulso, mas ela apreciou o fraco brilho da luz. Precisava ir um pouco mais à frente e depois subir. E então, ela pegaria outro eixo até as celas da prisão.

Ignorando a dor na lateral do corpo que sangrava, ela continuou rastejando. Depois de encontrar a abertura vertical, subiu, pressionando as botas nos lados escorregadios.

Parou no meio do caminho para recuperar o fôlego. Ela se perguntou se Raiden havia encontrado o comandante. Ele estava bem?

*Pare de pensar nele, Harper. Ele te deixou.* Ela começou a subir novamente.

Saiu do eixo vertical e se impulsionou para a área horizontal do duto. Estava suando e se sentindo um pouco instável. Apoiou a cabeça contra a parede fria, se recusando a deixar as lágrimas caírem.

Tocando a lateral do corpo, ela tentou limpar um pouco do sangue com a blusa.

Então ela ouviu um som ecoar pelo duto de ventilação.

Parecia algo raspando o metal. Alguém a seguiu? O duto era pequeno demais para qualquer um dos gladiadores ou thraxianos. Até os gatos caçadores teriam dificuldade em se adaptar.

O som retornou, seguido de um longo e profundo estrondo que reverberou no ar ao seu redor.

Um calafrio percorreu sua espinha. O que quer que fosse, não era um gato. Era outra coisa.

Merda. Ela começou a se mover o mais rápido que podia. Chegou a uma encruzilhada e parou. Qual caminho? Droga, ficou confusa. Ela se virou e continuou andando.

No próximo cruzamento, sabia que estava perdida. Girou o pulso, estudando o mapa.

Então ela ouviu outra coisa. Um animal respirando. Atrás dela.

Harper se virou, encarando as sombras. Não conseguia ver nada.

Lentamente, um rosto apareceu na escuridão.

Ficou imóvel.

Esse alienígena era algo saído de um pesadelo. Tinha uma cabeça grande, de forma triangular, com pele cinza clara e uma fila de olhos negros brilhantes. Ele abriu a boca e a saliva escorria.

Ele se moveu lentamente para frente e ela viu que tinha várias pernas longas, a metade inferior fazendo-a pensar em uma aranha.

Ele soltou um grito assustador e correu para frente.

Harper se afastou. Odiava ter que dar as costas, mas podia ir mais rápido olhando para a frente. Ela se virou e começou a engatinhar.

Ouviu aquela coisa vindo atrás dela, as garras arranhando o metal. Ele fez o som estridente novamente e seu estômago revirou.

Mais a frente, ela viu que o duto descia. Harper pegou sua espada restante. Puxou-a para fora e se virou. Se jogou, escorregando como se estivesse em um tobogã. Levantou a espada, pronta para atacar o alienígena.

O duto nivelou e ela derrapou até parar.

Olhou para cima e viu a criatura deslizando em sua direção. Olhou para trás, verificando suas opções de fuga.

Seu coração parou. *Não*. Não podia ser.

Era um beco sem saída.

RAIDEN CORREU por um corredor e derrapou na curva. Viu Thorin lutando contra um gato caçador.

Os corpos de vários outros estavam esparramados no chão. Lore estava contra uma parede, com sangue escorrendo pelo braço. Seu peito estava rasgado, coberto de marcas de garras. Nero estava limpando sua espada.

— Onde está a Harper? — Raiden exigiu.

Thorin acabou com o gato e abaixou o machado.

— Vejo que você voltou a si.

— Onde ela está?

— Eu a coloquei em um duto de ventilação. — Ele apontou para cima. — Ela estava sangrando e achei que era o lugar mais seguro para ela. Além disso, ela poderia alcançar sua amiga mais rapidamente.

Raiden relaxou um pouco, mas não ficaria totalmente satisfeito até que a visse com seus próprios olhos. Tocasse nela.

— Ela está indo em direção às celas?

Thorin assentiu.

— Então vamos encontrá-la e sair desta porcaria de nave. — Juntos, os quatro se moveram na direção das celas.

Eles não tinham ido longe quando Raiden ouviu um estrondo profundo e áspero que ecoou pelas paredes ao redor deles. Olhou para cima. O som vinha do sistema de ventilação.

Tudo dentro de Raiden congelou. Ele conhecia aquele som. Era um *nama*. Um dos alienígenas mais desagradáveis que já havia conhecido. Eles haviam sido estritamente banidos da arena.

Ele olhou para cima.

— Está caçando-a nos dutos.

Saiu correndo, se guiando pelos barulhos que a criatura estava fazendo.

Raiden focou no som, correndo cada vez mais rápido. Então ele percebeu que o som ficou mais distante. Ele parou.

— Virem-se! Nos afastamos deles.

*Aguente firme, Harper.* Ele ouviu os sons de uma luta nos dutos. O *nama* gritou.

— Harper! — ele rugiu.

Ele foi mais adiante no corredor. Podia ouvir os sons de corpos batendo contra o metal. O *nama* gritou novamente.

Com um rugido, Raiden pegou o machado de Thorin. Ele o balançou e bateu contra a parede. O painel amassou. Balançou uma e outra vez.

— Afaste-se.

Raiden não queria parar, mas olhou para o amigo. Thorin correu, batendo na parede com o ombro. Ele se afastou e Raiden girou o machado no painel solto.

O machado rasgou o metal.

Raiden jogou a arma de volta para Thorin e agarrou o metal. Ignorando o ferrão quando as pontas afiadas rasgaram suas mãos, ele arfou, abrindo-o. Tinha que chegar a Harper.

Ele puxou o metal até o buraco ser grande o suficiente para seu corpo passar. Entrou ali dentro.

— Harper!

Instantaneamente, ele a viu. E logo adiante, estava o *nama*.

Ela estava apontando a espada para a criatura, o cheiro do sangue do alienígena preenchia o espaço apertado.

A necessidade de proteger sua mulher tomou conta dele. Raiden a alcançou, agarrou-a e puxou-a de volta.

Ela gritou, se contorcendo quando ele a puxou para o corredor, lutando contra ele.

— Harper! Sou eu. Está tudo bem. — Ele a puxou para longe da parede.

Ela piscou para ele.

— Raiden? — Ela estava coberta de sangue.

— Estou aqui.

De repente, o *nama* saiu do buraco na parede, gritando.

Raiden empurrou Harper para o lado e puxou sua espada. Thorin avançou com o machado.

Eles atacaram a criatura e Harper se juntou a eles, enfiando a espada na barriga da fera.

Mulher teimosa e corajosa. O *nama* se afastou, se contorcendo. Sangue grosso e preto espirrou sobre todos eles.

Um segundo depois, a criatura voltou a cair no duto.

Raiden girou, agarrando Harper.

— Você está bem?

Metade do seu rosto estava coberto de sangue e suas roupas estavam encharcadas de suor e sujeira. Ele emoldurou suas bochechas, forçando-a a encontrar seu olhar.

— O que está fazendo aqui? — ela perguntou.

Quando ela tentou se afastar, ele a abraçou com força.

— Estou compensando meu lapso de julgamento. Harper, estraguei tudo. Nunca deveria ter te deixado.

Algo cintilou em seu olhar, mas ela não se apoiou nele. Em vez disso, se afastou e deu um pequeno aceno com a cabeça.

— Não podemos falar sobre isso agora. Preciso encontrar a Regan.

Sua mandíbula apertou, odiando sentir a distância entre eles. Mas ela estava certa, e ele iria compensar as coisas.

— Vamos seguir.

---

ELES FINALMENTE CHEGARAM à área de espera.

Harper se moveu devagar e em silêncio, muito consciente de Raiden logo atrás. A iluminação na área era fraca e ela espiou a fila de celas ao longo da sala.

Sentiu a bile em sua garganta. Observou o espaçamento regular entre as portas, o fino pedaço entre as barras que deixava os carcereiros olharem para dentro. Memórias horríveis a alcançaram e ela estremeceu. Exatamente como a cela em que ela ficou.

Então, ela viu algo no corredor. Algo pálido pendurado no teto.

Ela franziu a testa, sinalizando para os outros. Se aproximou e respirou chocada.

O corpo nu e pálido de Regan estava acorrentado, pendurado no corredor em frente às celas.

*Ah, Deus.* Sem pensar, Harper correu até ela. Um braço forte circulou sua cintura, segurando-a.

— Me solte...

As luzes se acenderam. Passar da escuridão para a luz brilhante em um flash fez Harper piscar.

Então seu coração se apertou. Atrás de Regan, havia um muro de thraxianos. No centro, havia um alienígena alto, com ar de autoridade e chifres maiores do que os que o rodeavam. Pela maneira como Raiden soltou um suspiro, ela adivinhou que era o comandante Yoxx.

— Você — Raiden grunhiu.

O comandante o estudou.

— Um dos últimos aurelianos.

— Sim — Raiden respondeu. — Por sua causa e de sua espécie maligna. Sou o príncipe Raiden Tiago, da Casa Real de Aurelia.

Os olhos do comandante se arregalaram.

— O príncipe herdeiro desaparecido. Sempre pensei que você tivesse morrido no planeta. — O thraxiano encolheu os ombros. — Vendemos nossos serviços pelo melhor lance. Destruir seu planeta não foi pessoal.

— E matar meus pais e estuprar minha irmã?

O comandante inclinou a cabeça e foi possível ver o sorrisinho que apareceu em seus lábios largos e feios.

— Temos autorização para aproveitar o que fazemos.

Raiden pulou e desta vez, foi Harper quem o bloqueou, mantendo o corpo pressionado contra o dele.

— Raiden, você precisa se acalmar. Ele está te provocando.

Ela se pressionou contra ele, esperando segurá-lo. Se virou e olhou para os thraxianos.

— Você está usando minhas amigas como isca — Harper falou. — Brincando com a gente. Como isso se encaixa com você estar vendendo seus serviços para o maior lance? Isso parece pessoal.

— Ainda gostamos de um desafio. Toda a vida é um jogo para lutar e vencer. Adoramos força e poder, e aqueles que a exercem. — O olhar laranja do homem se fixou em Raiden. — E ele causa problemas para a Casa de Thrax, aqui na Arena Kor Magna. Achei que expulsá-lo e derrubá-lo era uma causa digna. — Ele acenou com a cabeça para os guardas. — Matem-nos.

Enquanto os thraxianos avançavam, Harper olhou para Raiden.

— Juntos? — Ela olhou para Thorin e Lore. — Precisamos trabalhar em equipe para derrubar todos eles.

Raiden deu um aceno duro.

— Juntos.

Harper sacou a espada ao mesmo tempo que Raiden. Seus amigos os flanquearam e eles correram para a frente.

Com determinação obstinada, Harper lutou. Sua espada bateu contra as dos thraxianos. Ela ouviu os gladiadores berrando, lutando com a habitual intensidade assustadora.

Quando Raiden enfrentou dois thraxianos, mantendo sua atenção neles, ela se abaixou, cortando suas pernas.

Olhou para a forma imóvel de Regan. Sua amiga estava ferida e em perigo. Harper estava pronta para acabar com isso.

— Harper. — Raiden agarrou sua cintura. — Pronta?

Ela assentiu, se preparando. Em um movimento rápido, ele a jogou para cima. Ela voou pelo ar, golpeou com a espada e derrubou dois thraxianos. Em seguida se ergueu, pulando e deslizando as pernas ao redor do pescoço do próximo thraxiano. Ela o desequilibrou e o derrubou. Raiden estava esperando para acabar com ele.

— Mate a prisioneira — ela ouviu o comandante gritar. — Tire a razão deles de lutarem.

Harper se virou. Ela viu um thraxiano indo em direção a Regan com um machado.

Não! Harper renovou sua luta. Mas ainda havia muitos entre ela e Regan. Ela não seria rápida o suficiente.

Ela viu um borrão de movimento pelo canto do olho. Thorin! Ele estava mais perto.

— Thorin! Cuide da Regan.

O grande gladiador olhou para cima. Quando ele viu o thraxiano, levantou seu machado e avançou.

Um alienígena investiu contra ela. Harper se abaixou e revidou. No mesmo instante, ela viu o comandante Yoxx correr para a porta.

— Raiden! — Quando ele a olhou, ela apontou para o comandante em fuga. — Pegue-o.

Por um segundo, Raiden hesitou.

Raiden merecia seu fechamento e o comandante merecia não sair deste lugar.

— Pegue-o! Não o deixe escapar.

Ele correu, levantando a espada. O comandante puxou a arma e ela viu as duas espadas colidirem com um som ensurdecedor.

Então, um golpe cruel atingiu suas pernas. Harper caiu, batendo no chão e todo o ar deixou seus pulmões.

Ela rolou... e viu um thraxiano muito familiar em pé com um grande bastão.

Scar Face.

Ela ficou de pé, balançando a espada. O guarda rebateu com bastão. Eles trocaram vários golpes, cada pancada poderosa estremecendo seus braços.

Então ele voltou a oscilar. Harper pulou sobre ele.

Era o suficiente. Investiu, apontando para o seu peito.

Seu bastão balançou, sem apontar para a espada dela.

Ele bateu em sua coxa. Harper sentiu a dor como uma lâmina quente e ouviu o osso estalar. Ela caiu com um grito.

O próximo golpe atingiu suas costelas. Ela grunhiu.

— Você sempre foi um problema — Scar Face rosnou.

Ela tentou rolar, ignorando a dor que rasgava seu corpo. Ele bateu o bastão na sua outra perna. Desta vez, ela gritou.

Então ela ouviu o rugido de Raiden.

— Não!

# CAPÍTULO DEZENOVE

## Thorin

Thorin foi na direção da amiga de Harper. Quando o alienígena que se aproximava dela levantou o machado, ele o derrubou, batendo nas costas do thraxiano.

O grande alienígena gritou e se virou. Ele balançou seu machado descontroladamente.

Thorin golpeou metodicamente o alienígena até ele bater na parede. Com outro golpe de seu machado, o thraxiano caiu no chão.

Se virando, ele seguiu para libertar a mulher. Realmente esperava que a amiga de Harper ainda estivesse viva.

Ele parou e piscou.

Ela se libertou sozinha de suas amarras. Ficou ali, nua, esfregando os pulsos machucados.

— Você está com a Harper? — ela perguntou com uma voz melodiosa.

Ele assentiu. Ela tinha os olhos azuis mais bonitos que ele já tinha visto, em um rosto pequeno e delicado.

— Ótimo. — Ela deu um passo em sua direção e depois caiu.

Thorin correu e a segurou, puxando-a contra seu peito.

— Acho que não consigo andar — ela falou com naturalidade.

— Vou te carregar. — Ele a puxou para mais perto. Mesmo que ela tivesse um corpo cheio de curvas, era muito pequena, muito baixa e muito frágil.

Algo se mexeu dentro dele. Algo que ele não sentia há muito tempo. Sua mandíbula apertou. Ele olhou para as grandes mãos marcadas contra a pele clara dela. Pareciam erradas em sua suavidade.

De repente, seus olhos se arregalaram.

— Cuidado!

Thorin automaticamente deu um passo para trás. Ele viu o guarda thraxiano ferido correndo na direção dos dois, com o sangue jorrando de um ferimento na cabeça.

Ele sentiu os dedos dela em seu cinto. A mulher pegou sua adaga e a levantou. Ela enfiou a lâmina no peito do thraxiano.

O alienígena emitiu um som de dor e caiu para trás.

A mulher caiu de costas contra o peito de Thorin, olhando horrorizada a faca ensanguentada.

Gentilmente, ele a tirou dela.

— Eu sou Regan — ela falou.

— Thorin.

— Prazer em conhecê-lo. Podemos sair daqui, Thorin?

Ele a puxou para mais perto, com estranhos instintos protetores ganhando vida dentro de si.

— Sim.

E então ele ouviu o rugido de Raiden. Thorin olhou e viu Harper caída no chão, se contorcendo de dor. Um thraxiano grande e assustador estava de pé sobre ela, com o bastão erguido de maneira ameaçadora.

— Harper — Regan falou com a voz assustada.

Thorin observou enquanto Raiden corria, saltando sobre cadáveres. Ele enfiou a espada no thraxiano.

---

RAIDEN ENFIOU a espada mais profundamente no corpo inútil do thraxiano. Então ele a arrancou, nem mesmo vendo o alienígena cair.

Ele se ajoelhou ao lado de Harper.

— Harper.

Ela tentou se mover, mas recuou, com o rosto pálido.

— Acho que vou desmaiar. Dói.

Ele passou a mão trêmula pela sua bochecha.

— Está tudo bem. Estou com você.

Seus olhos estavam um pouco desfocado.

— Estou feliz por você ter voltado.

Ele a puxou para seus braços, odiando ter ouvido seus gritos. Ela tinha ossos quebrados e precisava dos curandeiros. Em seguida, mordiscou o lábio e caiu inconsciente contra seu peito.

Ele olhou para os outros. Lore parecia ainda mais machucado, mas estava de pé e Nero o estava ajudando.

Thorin estava embalando a amiga de Harper, Regan. Ela parecia muito pequena nos braços do grandalhão.

— Vamos voltar à segurança.

Enquanto eles corriam para fora da nave, Thorin foi para o seu lado.

Raiden olhou para Regan.

— Ela está bem?

— Ela tem nome — a mulher falou com a voz baixa, mas irritada.

Raiden conteve um sorriso. Aparentemente, as mulheres da Terra tinham algumas coisas em comum.

— Me desculpe. Regan. Estou contente que você esteja bem.

— Ela mesma se livrou das restrições — Thorin comentou em um tom confuso.

— Como a Harper está? — Regan perguntou.

— Machucada. Ela desmaiou de dor.

— Ela ficará bem quando a levarmos a um tanque de regeneração para se curar. — O olhar de Thorin foi para o de Raiden. — O comandante?

— Ele se foi. — Raiden balançou a cabeça. — Não importa.

E não importava mesmo. Nada importava agora, exceto o fato de que a mulher que amava estava machucada. Seus braços a apertaram com a percepção. Ele a amava. *Amava?* Ele examinou seus sentimentos, sabendo sem dúvida que o que sentia era real. Ele não poderia perdê-la.

Felizmente, eles conseguiram evitar de encontrar outros thraxianos e não demorou muito para que saíssem da nave e entrassem no ar noturno.

Mas quando se afastaram da sombra da nave, grandes formas saíram da escuridão.

Seu estômago se apertou. Era o comandante e um novo grupo de guardas.

*Drak.* Raiden xingou. Estavam feridos, cansados e tinham Harper e Regan para proteger. Repassou todas as opções em sua cabeça, tentando encontrar uma saída.

— Nos dê as mulheres — o comandante ordenou. — Planejo vendê-las para os piores traficantes que eu puder encontrar. — Seu olhar fuzilou Raiden. — E você finalmente irá morrer como o resto do seu planeta.

Raiden estava disposto a dar a vida para proteger Harper. Trocou um olhar com Thorin.

— Pronto para outra luta?

Thorin assentiu.

— Estou sempre pronto para outra luta.

De repente, gritos eclodiram por trás do grupo de thraxianos.

Raiden ficou tenso, depois viu o grupo, cada um pegando suas armas.

Galen, Saff e Kace entraram na briga, empunhando as armas. Galen era uma força mortal, lutando com uma espada de lâmina dupla.

Raiden levou um breve momento para ver o homem em ação. Ele poderia ser o dono da arena se lutasse. Foi ele que ensinou a Raiden tudo o que ele sabia.

Yoxx correu.

Galen pulou nele, derrubando-o. O comandante resistiu sob as botas de Galen.

Raiden ficou tenso, mas simplesmente apertou mais a mulher em seus braços. Galen encontrou seu olhar, com uma pergunta silenciosa. Seu rosto parecia ter sido esculpido em pedra. Ele também perdeu tudo quando Aurelia foi destruída.

Raiden assentiu.

Galen deu o golpe fatal.

Quando os thraxianos restantes perceberam que seu comandante jazia na terra, se separaram, correndo em direção a nave thraxiana. A luta havia acabado.

Raiden se aproximou, encarando o corpo do alienígena que odiou a vida inteira e não sentiu... nada. Encontrou o olhar do seu amigo.

— Obrigado pelo resgate. — Galen assentiu e Raiden apertou o corpo ainda desacordado de Harper em seus braços. — Preciso levar a Harper para um tanque de regeneração.

***

HARPER ACORDOU, flutuando na gosma.

Torceu o nariz. Era uma sensação estranha, como se estivesse nadando em uma piscina de gelatina. Não sentia dor. Segurou as laterais do tanque de regeneração e moveu as pernas. Tudo estava curado.

Se sentou e, com cautela, se levantou do tanque. Não parecia haver ninguém por perto. Ficou ao lado do tanque, tremendo com a gosma azul pingando do seu corpo no chão.

Então ela viu a cadeira que estava perto do tanque e o grande gladiador adormecido nela. Seu coração se apertou. Ele parecia exausto, com o rosto contorcido.

Ele foi atrás dela. Sim, ele havia estragado tudo, mas

no final, foi atrás dela. Seu gladiador perfeitamente imperfeito.

Ela pegou uma grande toalha de uma pilha e se secou. Viu um robe de seda jogado sobre as costas de uma segunda cadeira. Segurando a cadeira para se equilibrar, ela o vestiu.

Foi até Raiden, observando-o atentamente.

De repente, seus olhos se abriram.

— Harper? — Ele estendeu a mão e a puxou em sua direção. Pressionou o rosto na barriga dela. — Você está bem?

— Completamente curada. — Ela passou as mãos pelos cabelos curtos dele. — Como está a Regan?

— Bem. Em repouso. Ela está um pouco irritada, mas estranhamente, Thorin tem sido muito protetor. Eu não tinha certeza se a presença dele estava ajudando ou dificultando, mas Regan parece achá-lo reconfortante.

O grande e malvado Thorin reconfortante?

— Tenho certeza de que ele tem boas intenções.

— Sim, ele tem.

— E a Rory?

Raiden balançou a cabeça.

— Galen está procurando por ela.

— Droga. — Harper respirou fundo. *Sinto muito, Rory.*

— Nós a encontraremos.

Harper assentiu.

— Rory é forte e também teve anos de treinamento em artes marciais mistas... combate corpo a corpo. Mas ela também tem um temperamento ágil. Ela vai resistir e lutar. — O que machucaria a engenheira. — Não vou desistir até encontrá-la, e a Madeline Cochran. Ela também foi levada. — Harper rezou para que Madeline estivesse em Carthago.

Raiden olhou para Harper.

— Sinto muito.

Ela fez uma careta.

— Pelo quê? Pela Rory? Por ter me salvado? Por me tirar de lá e me curar?

— Você teria se salvado. — Ele a olhou. — Sinto muito por ser um idiota e ter te deixado.

— Estou feliz por você ter voltado. — Ela deixou o olhar percorrer seu corpo tatuado e duro. Ele era dela. Todo dela. — Por que você fez isso?

— Você estava certa — ele falou. — A vingança é... vazia. Ouvi dizer que você estava com problemas e percebi que matar o comandante não me fazia ganhar nada. Te perder destruiria tudo o que eu tinha.

Ela se inclinou e pressionou os lábios nos dele.

Ele segurou seu queixo.

— Você me preenche, Harper. Você preenche todos os espaços vazios e sombrios.

Ela sentiu um calor florescer no peito.

— Palavras bonitas, gladiador.

— Fiquei vazio por muito tempo. Uma parte de mim foi trancada depois que perdi minha família e meu mundo. Não estou mais vazio.

Ele estendeu as mãos calejadas, empurrando o robe dos seus ombros. Ela achou que ele a puxaria para seu colo, mas, em vez disso, suas mãos se moveram sobre seus membros. Ele verificou seus braços, segurou seus seios, checou suas costelas. Então suas mãos deslizaram pela sua barriga, deixando um rastro de calor.

Passou por suas pernas, parando nos lugares que sabia que Scar Face havia quebrado.

— Estou toda curada, Raiden.

— Eu precisava verificar por mim mesmo. — Agora, ele a puxou para seu colo.

Ela montou nele, sentindo seu pau duro embaixo dela.

— Alguém pode entrar.

— Eu tranquei a porta. — Ele abriu a calça.

Ela se moveu contra ele.

— Então você vai me dizer como se sente sobre mim?

— Eu te disse. Sinto tudo por você.

— Raiden. Não é isso que eu quero ouvir.

— Um gladiador não deve falar sobre sentimentos.

Ela se moveu novamente, provocando-o.

— Então gladiadores têm medo de alguma coisa.

— Os gladiadores não têm medo.

— Ha, peguei você. Medo é um sentimento.

Ele sorriu, segurando seu queixo novamente.

— Com você, sinto prazer, alegria, aborrecimento, medo. — Ele moveu os quadris e a cabeça grossa do seu pênis se esfregou contra sua umidade.

Ela gemeu.

— O que mais, Raiden?

— Amor. — Ele a penetrou muito devagar. — Eu te amo, minha pequena gladiadora da Terra.

Ela ofegou, segurando seus ombros.

— Também te amo, Raiden. E não sou pequena.

— Para mim, você é.

Ela ergueu uma mão para segurar sua bochecha.

— Ninguém me amou de verdade. Não o suficiente para ficar.

Ele grunhiu.

— Minha. — Começou a mover os quadris dela mais rápido, seus próprios quadris se inclinando. — Você é minha, Harper. Vou ficar e nunca vou te deixar ir embora.

— Para sempre — ela respondeu.

Eles continuaram se movendo um contra o outro. Raiden a preencheu de uma maneira que ninguém jamais havia feito antes.

— Mais forte — ela murmurou. — Mais rápido.

— Não.

De forma frustrante, ele diminuiu a velocidade. Sua mão deslizou entre seus corpos, sobre a barriga trêmula dela, encontrando o clitóris.

Eles se moveram juntos e o cômodo se encheu de seus gemidos e murmúrios. Quando ele começou a acariciá-la em pequenos círculos tensos, ela ofegou.

Seus olhares se encontraram.

— Desta vez, vamos devagar. Porque nós temos todo o tempo do mundo.

---

RAIDEN QUERIA IR DEVAGAR. Queria amar Harper e não se apressar.

Grande parte do amor deles tinha sido selvagem e devasso. Agora, ele queria lhe mostrar um outro lado.

Enquanto ele a enchia, estocando lentamente em seu

corpo, observou as emoções cobrirem seu rosto. Ele nunca se cansaria de observá-la. E o que ele mais podia ver era o amor.

Jamais sentiu que merecia amor antes. Agora, ele nunca mais deixaria isso passar.

Momentos depois, ela gozou, inclinando a cabeça para trás, apertando o pau dele com seu corpo. Enquanto ela gemia seu nome, ele sentiu o próprio clímax se aproximar e se deparou com um instante brilhante em que não havia nada de ruim ou feio. Ah, isso voltaria – assim era a vida e, às vezes, ela era uma amante caprichosa –, mas naquele momento, era linda, alegre e cheia de admiração.

Ele agarrou os quadris de Harper, puxando-a para baixo e se empurrou profundamente. Se manteve ali, tentando não gritar enquanto gozava dentro dela.

Quando ele finalmente conseguiu compreender seus pensamentos, ela estava beijando seu pescoço e mandíbula. Ela se aconchegou em seu colo, abraçando-o com firmeza.

De repente, a porta se abriu e gladiadores entraram.

Harper soltou um gritinho.

— Você disse que tinha trancado!

— Eu tranquei. — Alguém havia destrancado a fechadura. Ele suspeitava dos dedos leves de Lore.

— Ah, meu Deus. — O sussurro horrorizado de Harper ecoou no ouvido de Raiden. — Você ainda está dentro de mim.

Raiden se inclinou e pegou o robe descartado, puxando-o sobre seu corpo. Cobriu... a maior parte dela.

— Ela está bem?

— Como ela está se sentindo?

Thorin deu uma risada divertida.

— Ah, ela parece muito bem.

— Ela está curada — Raiden disse aos amigos. — Está bem.

Ela sorriu para ele.

— Muito bem.

Havia risadas maliciosas por toda parte. Harper gemeu e enterrou o rosto no pescoço dele.

— Tem certeza de que quer se amarrar a mim e a esse grupo desordeiro?

Ela olhou para ele.

— Sim, Raiden. Para sempre.

## CAPÍTULO VINTE

De banho tomado e vestida, Harper foi ver Regan.

Galen havia cedido um quarto privado a ela, não muito longe da sala de estar dos gladiadores. Ela entrou no espaço cheio de luz que era muito menor e mais arrumado que o quarto de Raiden.

Regan estava limpa, descansada e melhor do que quando a viu pela última vez. Ela estava sentada em um banco, comendo algumas frutas roxas estranhas.

Harper pigarreou.

— Oi.

— Harper! — Regan correu e abraçou a amiga.

Lágrimas se formaram nos olhos de Harper. A sensação do corpo curvilíneo de Regan era familiar, e Harper abraçou a mulher com força.

— Você está bem? — perguntou.

Regan se afastou e assentiu.

— Sim. Graças a você. — A amiga franziu a testa. — Mas você foi ferida.

— Estou bem agora. Completamente curada. Eles

têm uma tecnologia médica bastante avançada. Não deixe a arquitetura de pedra e as espadas te enganarem.

— Rory? — Os olhos de Regan estavam assombrados.

Harper apertou as mãos dela.

— Estamos procurando-a. Vamos encontrá-la.

Regan fechou os olhos com força, ofegando.

— Deus. — Em seguida, passou a mão no rosto. — Vamos encontrá-la. Não vamos parar até que ela esteja segura.

Harper assentiu.

— E a Madeline também. É uma promessa.

— E depois? Como vamos para casa? — Regan mordeu o lábio inferior. — Podemos conseguir uma nave?

Harper respirou fundo.

— Sente-se. — Ela se acomodou na beira de um sofá enquanto a amiga se sentava ao seu lado.

Regan olhou nos olhos dela.

— Eles não vão nos deixar ir embora, não é?

Por onde é que ela começava? Deus, ela odiava ser a pessoa a dar essas notícias.

— Você pode ir embora quando quiser. — A voz profunda de Raiden ecoou.

Harper olhou e o viu na porta. Sorriu para ele. O gladiador estava aqui para apoiá-la. Ele se aproximou e ficou atrás do sofá, com a mão apoiada em seu ombro.

— Este é o Raiden. Ele é... — Ela não tinha muita certeza de como descrevê-lo. Namorado parecia muito juvenil. Amante?

— Dela. Sou dela.

— Você está... está *dormindo* com um deles? — A voz de Regan estava chocada.

Ela olhou diretamente para a amiga.

— Não, eu me apaixonei por um homem leal e corajoso.

Regan se recostou no sofá.

— E podemos simplesmente ir embora? Ele não está te mantendo aqui contra a sua vontade?

— Claro que não. E sim, você pode ir embora.

— Você pode ir aonde quiser — Raiden acrescentou.

— Casa — Regan falou. — Quero ir para casa.

Harper sentiu uma sensação de vazio.

— Não é tão simples assim. Os thraxianos que nos sequestraram... eles seguiram por um buraco de minhoca aleatório para alcançar nosso sistema solar. A Terra está do outro lado da galáxia de Carthago.

Houve um silêncio abafado.

— Então vamos pegar o buraco de minhoca de volta — Regan falou, observando Harper atentamente.

Harper respirou fundo.

— Está fechado. Não existe mais.

— Então vamos arranjar uma nave e fazer a longa viagem para casa — Regan sugeriu de forma frenética.

Harper mordeu o lábio

— Mesmo com a nave espacial mais rápida, isso levaria aproximadamente duzentos anos.

Regan começou a sacudir a cabeça.

Harper segurou as mãos da amiga.

— Todo mundo que você conhece estaria morto há muito tempo.

— Não.

— Sinto muito, não há caminho de volta à Terra.

Regan apertou os lábios, respirando fundo.

— Provavelmente vou ter uma grande colapso por causa disso mais tarde.

Ali estava sua amiga cientista equilibrada. Regan raramente se abalava.

— Você terá direito.

— Você não parece muito chateada com isso — Regan apontou.

Não havia julgamento em seu tom, apenas curiosidade. Harper deu um pequeno aceno.

— Tive mais tempo para processar a notícia. Mais tempo para lidar com os sentimentos. E não havia mais nada, nem ninguém para mim na Terra.

Ela sentiu os dedos de Raiden apertarem seu ombro. Olhou para cima e sorriu para ele.

— Decidi que poderia sobreviver, desistir ou prosperar. Fiz minha escolha. — E era o gladiador ao seu lado. Olhou de volta para a amiga. — A escolha é sua agora.

— Você tem um lugar aqui na Casa de Galen, se for a sua escolha — Raiden acrescentou.

Regan apenas os observou com tristeza no rosto. Harper prometeu fazer o que fosse preciso para garantir que sua amiga encontrasse a felicidade.

---

— RAIDEN, estou feliz por ter te encontrado.

Raiden se virou e viu Galen caminhando em sua direção.

— G. Você me pegou antes de eu sair.

Galen colocou as mãos nos quadris.

— Estou ouvindo rumores de que os thraxianos irão se vingar depois da nossa pequena... briga.

Raiden deu de ombros.

— Isso não é novidade. Eles podem tentar, e nós os venceremos, como sempre fizemos.

Galen inclinou a cabeça.

— Você tem algo valioso a perder agora.

Raiden sorriu.

— E ela pode cuidar de si mesma.

Galen deu um sorriso em resposta.

— Pode mesmo. Estou feliz por você.

Raiden segurou o braço de seu amigo.

— Você deveria tentar.

Galen levantou uma sobrancelha.

— Uma mulher? Ah, não. Acho que não. Elas trazem muitos problemas.

— Vou pedir a ela que me deixe colocar minha marca nela.

Sob as mangas compridas, Galen também carregava tatuagens aurelianas. Eram uma tradição para guardar histórias, promessas e juramentos. Por um longo tempo, Raiden ignorou as marcas em seu corpo enquanto Galen as ocultava.

Mas agora, amar Harper ajudara algo a se estabelecer em Raiden. Agora ele queria celebrar sua história e ver seu nome na pele da mulher que amava.

Galen ficou quieto.

— Ela concordou?

— Ainda não perguntei, mas já agendei com a artista de pele do mercado se ela disser que sim. — Raiden imaginou abraçá-la quando seu nome e as marcas aurelianas de sua família estivessem gravadas na pele dela.

Depois que Raiden deixou o amigo, foi procurar sua mulher.

Thorin mencionou que ela tinha ido ao mercado para buscar algumas coisas para Regan. Raiden suspeitava onde a encontraria. Enquanto se movia pelas ruas, ele sabia que ela ainda estava sofrendo pela amiga. Ela encontrou um lugar onde estava feliz, mas Regan ainda estava andando por aí parecendo um pouco chocada. E ele sabia que as duas estavam preocupadas com as outras mulheres, Rory e Madeline. Não havia sinal das mulheres da Terra.

Ele desceu a rampa até o mercado e logo alcançou a porta da piscina. Quando pisou nos ladrilhos, viu a forma dela contra as luzes da piscina.

Seu cabelo estava molhado e uma toalha estava enrolada em seu corpo úmido.

Pelos ombros curvados da sua mulher, percebeu que ela estava triste. Ele se aproximou por trás e a abraçou.

— Ela só precisa de um tempo — falou.

Harper assentiu.

— Eu sei. Mas, diferente de mim, Regan tem amigos e familiares na Terra. E ela nunca mais poderá voltar. Será mais difícil para ela. — Harper se virou nos braços dele. — Ela não tem um gladiador grande e forte para se apoiar.

— Estaremos ao lado dela. E de Rory e Madeline quando as encontrarmos.

Harper sorriu.

— Meu gladiador grande e durão. Você é um grande sentimental por baixo desse exterior resistente.

Com um grunhido, ele se inclinou e mordiscou seus lábios.

— Você será desafiada por falar assim. Tenho uma reputação a defender.

— Vamos lá, gladiador.

Ele ficou feliz em ouvir o humor em sua voz e ver a felicidade brilhando em seus olhos.

— Você não quer que eu te desafie. Sou maior, mais forte e você nunca...

Ela o atacou e o derrubou. Quando ele caiu de costas, ela caiu em cima dele, com os joelhos apoiados nas laterais do seu corpo.

Sim, ele conhecia bem sua mulher.

Ele rolou e juntos, lutaram contra os azulejos, derrubando algumas plantas. Ela lutou com todas as suas forças, e ele grunhiu quando o punho dela alcançou seu estômago. Sua pequena gladiadora socando com força.

Quando rolaram novamente, ele a prendeu no chão, ouvindo sua risada.

Sim, Raiden encontrou seu par perfeito em todos os aspectos.

— Harper, quero te perguntar uma coisa.

Ela parou.

— É importante?

Ele assentiu, puxando-a para que ela se sentasse em seu colo.

— Queria perguntar se você me daria a honra de aceitar minha marca. — Ele passou os dedos pelo seu braço. — De me deixar colocar nossa história e nosso compromisso em sua pele.

— Tatuagens? Como as suas?

Ele assentiu.

— É uma tradição aureliana.

Ela sorriu.

— Eu amo suas tatuagens, Raiden. Eu ficaria honrada. — Ela franziu o nariz. —Vai doer, não é?

— Tem uma artista talentosa aqui no mercado. Confio nela. E vou segurar sua mão, pequena gladiadora.

Ela o empurrou para trás, subindo nele e apoiando os joelhos em seu peito.

— Você está em dívida comigo. Quero meu nome em sua pele.

Ele já havia planejado isso.

— Combinado. — Ele se perguntou se Harper percebeu que faria qualquer coisa por ela.

Ela se inclinou, roçando os lábios nos dele.

— Eu te amo de verdade. Gladiador, príncipe, homem... você é todas essas coisas para mim.

— Gladiadora, meu amor e meu coração. Você é todas essas coisas para mim.

— Palavras bonitas para um gladiador macho alfa durão. — Ela os rolou para que ele ficasse por cima. — Agora, que tal você me mostrar o quanto me ama?

Raiden cobriu sua boca com a dele, puxando-a para perto. Amor e desejo o atingiram. Ele passaria o resto da vida garantindo que sua pequena gladiadora soubesse o quanto era amada.

---

ESPERO que tenham gostado da história de Harper e Raiden!

A série Gladiadores Galácticos continuará em *GUERREIRO*, com a história de Thorin e Regan, que estará disponível em português em breve.

**Não perca**! Para mais romances cheios de ação em inglês, confira minhas outras séries. Para atualizações sobre novos lançamentos, livros gratuitos e outras coisas divertidas, se inscreva na minha lista VIP de discussão e ganhe seu box gratuito (em inglês) contendo três romances cheios de ação.

Visite aqui para começar: www.annahackett.com

Would you like a FREE BOX SET of my books?

# GLOSSÁRIO

## Planetas e espécies
Planeta: Aurelia
Espécie: aureliano(a)s

ESPÉCIE: thraxianos

PLANETA: Carthago
Capital: Kor Magna
Espécie: Cartagoes

ESPÉCIE: Canelliano(a)

PLANETA: Taurea
Espécie: Taureano(a)

.  .  .

ESPÉCIE: Frystaniano (a)

PLANETA: Parinthia
    Espécie: parinthiano(a)

ESPÉCIE: Hermiano

ESPÉCIE: Neezano

SISTEMA DAGON: área fictícia do espaço

CASAS DOS GLADIADORES
    Casa de Galen
    Casa de Thrax
    Casa de Zhan-Shi
    Casa de Rone

ANIMAIS FICTÍCIOS
    Achna
    Dracos
    Raksha
    Gallu
    Yeth
    Gorgo

Agama
Corra
Tarnid
Nama


OUTRAS PALAVRAS
Drak - palavrão fictício
Ixsander - lugar fictício
Jaack - um jogo fictício
Tarion – um tipo de arma / escudo
Phena - flor / afrodisíaca
Liven – tipo de nozes

# OUTRAS OBRAS

Unmapped

Unidentified

Undetected

Also Available as Audiobooks!

## Eon Warriors

Edge of Eon

Touch of Eon

Heart of Eon

Kiss of Eon

Mark of Eon

Also Available as Audiobooks!

## Galactic Gladiators: House of Rone

Sentinel

Defender

Centurion

Paladin

Guard

Also Available as Audiobooks!

## Galactic Gladiators

Gladiator

Warrior

Hero

Protector

Champion

Barbarian

Beast

Rogue

Guardian

Cyborg

Imperator

Hunter

Also Available as Audiobooks!

## Hell Squad

Marcus

Cruz

Gabe

Reed

Roth

Noah

Shaw

Holmes

Niko

Finn

Theron

Hemi

Ash

Levi

Manu

Griff

Dom

Survivors

Also Available as Audiobooks!

## The Anomaly Series

Time Thief

Mind Raider

Soul Stealer

Salvation

Anomaly Series Box Set

## The Phoenix Adventures

Among Galactic Ruins

At Star's End

In the Devil's Nebula

On a Rogue Planet

Beneath a Trojan Moon

Beyond Galaxy's Edge

On a Cyborg Planet

Return to Dark Earth

On a Barbarian World

Lost in Barbarian Space

Through Uncharted Space

Crashed on an Ice World

## Perma Series

Winter Fusion

A Galactic Holiday

## Warriors of the Wind

Tempest

Storm & Seduction

Fury & Darkness

## Standalone Titles

Savage Dragon

Hunter's Surrender

One Night with the Wolf

For more information visit www.annahackett.com

# SOBRE A AUTOR

Sou autora bestseller do USA Today, apaixonada por romances contemporâneos e de ficção científica *agitados e cheio de emoções*. Adoro escrever sobre pessoas superando probabilidades imbatíveis e alcançando objetivos aparentemente impossíveis. Gosto de acreditar que é possível que todos nós façamos o mesmo.

Moro na Austrália com meu mocinho da vida real e dois filhos jovens muito ocupados.

Para datas de lançamento, informações de bastidores, livros gratuitos e outras coisas divertidas, se inscreva para receber novidades aqui:

Site oficial: www.annahackett.com